DREAMBOOKS

DREAMBOOKS

DREAMBOOKS★

DREAMBOOKS★

발렌 판타지 장편소설

FANTASY STORY & ADVENTURE

마법군주

인 칼리스타

In Kallista

8

마법군주 8
진실

초판 1쇄 인쇄 / 2011년 2월 24일
초판 2쇄 인쇄 / 2013년 12월 26일

지은이 / 발렌

발행인 / 오영배
책임편집 / 편집부
펴낸 곳 / (주)삼양출판사 · 드림북스

주소 / 서울특별시 강북구 솔샘로67길 92
대표 전화 / 02-980-2112 팩스 / 02-983-0660
편집부 전화 / 02-980-2116 팩스 / 02-983-8201
블로그 / blog.naver.com/dreambookss

등록번호 / 제9-00046호
등록일자 / 1999년 3월 11일

값 8,000원

ISBN 978-89-542-3972-1 04810
ISBN 978-89-542-3334-7 (세트)

* 지은이와 협의하에 인지는 생략합니다.
* 잘못된 책은 구입한 곳에서 바꾸어 드립니다.

마법군주
인 칼리스타
발렌 판타지 장편소설
FANTASY STORY & ADVENTURE
In Kallista
8
진실
dream
books
드림북스

마법군주

인 칼리스타

제1화

붉은 곰 기사단

발갛게 상기된 얼굴로 아사가 물었다.

"리안, 가족이란 뭐야?"

"가족?"

"응, 가족……. 리안에겐 레지나가 소중하지?"

뜬금없는 녀석의 물음이 의아했지만 리안은 들고 있던 술잔을 내려놓으며 대답했다.

"당연히 소중해. 하나밖에 없는 동생이잖아."

"그렇지. 레지나는 리안의 하나밖에 없는 동생이지……."

리안의 말을 멍하니 따라 중얼거리며 아사가 소파로 걸어가 앉았다. 그새 취기가 올라온 듯 조금 전까지만 해도 멀쩡하던 녀석의 몸이 중심을 잃고 비틀거렸다.

"아사, 이제 그만 마셔야겠다. 취한 것 같아."

"아니야, 나 아직 괜찮아. 멀쩡해."

"원래 술이란 게 취한 당사자는 모르는 거래. 일어나, 데려다 줄게."

"싫어, 아직 잘 시간도 아니잖아."

리안이 손을 내밀며 다가가자 아사가 고개를 젓더니 아예 소파 위로 누워 버렸다. 녀석의 숱 많은 금색 머리칼이 얼굴과 가슴 위로 흩날렸지만 붉게 달아오른 두 뺨을 가리지는 못했다.

"오늘 같은 날은 일찍 자도 돼. 이리 와, 아사."

"싫다는데 왜 자꾸 자라는 거야? 아까는 마음껏 마셔도 된다면서."

"그래서 실컷 마셨잖아. 여기서 더 마셨다가는 몸 상해. 그만하고 올라가자."

"이제부터가 본격적으로 시작인데 무슨 소리야? 난 더 마실 거니까 올라가려면 리안 혼자서 올라가!"

계속되는 만류에 신경질이 난 듯 아사가 흐느적거리는 손으로 천장을 가리키며 버럭 소리를 질렀다. 술에 취해 꼬부라진 혀하며 몽롱한 눈빛이 정말로 더 마셨다가는 내일 아침 크게 고생을 할 것 같았다.

'오늘 안으로 술 창고가 텅텅 빌 거라고 큰소리를 칠 땐 언

제고(그것도 가장 적게 마셨다).'

"훗."

호언장담을 하던 아사의 모습이 떠오르자 리안은 피식 웃음이 지어졌다.

"우씨, 리안 지금 웃었어? 응? 내 질문에 답도 안 했으면서 누가 웃으래?"

호박색 눈동자를 치켜뜨며 아사가 리안을 휙 노려봤다. 그래 봤자 리안에겐 그저 귀엽게만 보였지만, 리안은 재빨리 웃음을 거두며 녀석에게 사과했다.

"어어, 미안. 안 웃을게. 질문이 뭐였지?"

"가족. 가족이 뭐냐고 물었잖아."

"아, 맞다. 그랬지. 흐음, 가족이라……."

리안은 과장된 동작으로 턱을 짚으며 짐짓 고민하는 표정을 지었다. 만취한 상태이면서도 그런 리안을 바라보는 아사의 눈빛에는 언뜻 기대감이 비치고 있었다.

그래서인지 리안은 문득 답하기가 망설여졌다.

이 순간 녀석이 듣고 싶은 대답은 무엇일까?

왠지 잘못 말했다가는 상처를 줄지도 모를 거란 생각에 쉽사리 입이 떨어지지가 않았다.

"……리안?"

한참이 지나도 대꾸가 없자 아사가 인상을 찌푸리며 반쯤 몸을 일으켰다.

"왜 말이 없어? 그게 그렇게 어려운 질문이야?"

"아니, 어렵다기보다 갑자기 물어보니까 생각이 잘 안 나서……. 꼭 지금 대답해야 해?"

"응, 난 꼭 듣고 싶어."

꼿꼿이 목을 세우는 아사의 눈망울에는 반드시 듣고 말겠다는 강한 의지가 담겨 있었다.

리안은 하는 수 없이 더듬더듬 입을 열었다.

"음, 가족이라는 건 말이지. 태어날 때부터 정해지는…… 그러니까 개인이 바꿀 수 없는…… 그래, 인연 같은 거야. 살면서 만들어 가는 것이 아니라 나면서부터 결정된 거부할 수 없는 인연."

"거부할 수 없는…… 인연?"

"응, 부모나 형제를 본인이 선택해서 태어나는 사람은 없잖아. 세상에 나와 보니 그런 거지."

"그래서?"

"응?"

"그게 다야? 더 없어?"

재촉하는 듯한 아사의 말투에 리안은 잠시 머뭇거리다가 다시 말을 이었다.

"설명을 조금 덧붙이자면 내가 택한 게 아니라 처음부터 그렇게 정해진 것이니까 있는 그대로 받아들이자. 뭐, 그런 얘기야. 환경이나 상황이 어떻든지 간에 원망하지 말고 불평하지 말고.”

“…….”

“누구보다 가까운 사이가 바로 가족이잖아. 내게 일이 생겼을 때 제일 많이 걱정을 해 주고 제일 먼저 달려와 주는 존재. 가족이란 그 사람에게 있어서 가장 따듯한 보금자리이자 마음의 안식처가 아닐까?”

말을 하다 보니 리안도 나름의 정리가 되는 느낌이었다. 어머니와 레지나가 자연스레 떠오르며 그의 입가에 부드러운 미소가 맺혔다.

“역시 그래야 하는 거지?”

반면 가만히 리안의 이야기를 듣고만 있던 아사가 힘없이 어깨를 축 늘어뜨렸다. 그런 녀석의 음성이 너무 허탈하게 들려서 리안은 조금 당황스러웠다.

“원망도 하지 말고 불평도 하지 말고 있는 그대로를 받아들이기. 가족이니까…… 가족이니까 그래야 하는 거겠지?”

리안의 어조를 흉내 내며 아사가 희미하게 웃었다. 간혹 사람마다 미소가 슬프게 느껴질 때가 있다. 지금의 아사가 그랬다.

웃고는 있지만 당장 눈물이 떨어져도 전혀 이상할 것 같지 않은 얼굴이랄까.

녀석은 너무도 서러워 보였다. 무엇보다 리안의 가슴을 철렁하게 한 것은 녀석의 두 눈이 마치 혹시나 했던 기대감이 무너졌을 때나 나올 법한 무력감을 품고 있다는 것이었다.

그것이 다른 사람도 아니고 바로 자신 때문이라는 것에 리안은 숨이 턱 막혀 왔다.

라키아가 끼어든 것은 그때였다.

"아니, 이번엔 리안 네가 틀린 거 같다!"

밤바람을 쐬러 테라스에 나가 있던 라키아가 어느새 안으로 들어와 빈 잔에 술을 따랐다.

"가족이 왜 가족이냐? 원망도 하고 불평도 하라고 있는 게 가족 아니야? 가족이 아니면 쪽팔리게 그걸 누구한테 해? 캬아, 좋다!"

라키아가 단숨에 술잔을 비우더니 곧바로 다시 잔을 채웠다.

"그리고 가족은 그냥 가족이야. 태어나면 갖게 되는 게 가족인데 뭘 묻고 따질 게 있냐? 그건 애초에 고민할 필요조차 없는 거라고. 알겠냐, 이 무식한 되다 만 고양이야?"

"뭐야?"

갑자기 화살이 자신에게로 쏘아지자 아사가 벌떡 일어섰다. 안 그래도 저조했던 기분이 라키아로 인해 폭발 직전까지 간 듯 분위기가 심상치 않았다.

리안이 둘 사이에서 어쩔 줄 몰라 갈팡질팡할 때 라키아가 벽에 기대서며 빈정거렸다.

"아무리 머리가 나빠도 그렇지, 그런 쓸데없는 질문은 뭐 하러 해? 네 녀석도 참 사서 고생하는 타입이다."

"흰머리, 네가 나에 대해 뭘 안다고 그래? 아무것도 모르면

입 닥치고 얌전히 술이나 처마셔!"

"나도 그러고야 싶지. 그런데 네 녀석 하는 꼴이 하도 웃겨서 그럴 수가 있나. 왜, 갑자기 가족이 보고 싶기라도 하냐? 엄마 손잡고 자던 게 그리워?"

"너 이 자식, 말 다했어?"

"정 그리우면 나라도 대신 잡아 줄 의향은 있는데."

부글부글 끓는 아사의 심정을 아는지 모르는지 라키아가 히죽 웃으며 술을 한 모금 들이켰다.

뜻밖인 것은 아사의 반응이었다. 평소라면 진즉 달려들고도 남았을 녀석이(실제로 몸이 움찔움찔했다) 어느 순간 평정을 되찾더니 되물었다.

"흰머리, 넌 그랬나 보지?"

"뭐?"

"엄마 손잡고 자는 거 말이야. 난 한 번도 그래 본 적이 없거든. 몇 살 때까지 그랬어?"

난데없는 아사의 질문은 꽤 진지했다. 조금 전까지 비웃음이 가득하던 라키아의 표정이 굳어졌고, 리안도 덩달아 멍한 얼굴이 되었다.

"네 살? 다섯 살?"

몇 번을 물어도 라키아가 대답을 하지 않자 아사가 포기한 듯 곰곰이 생각에 잠겼다. 두 눈을 위로 치켜뜨는 모양새가 아무래도 '어떤' 상상을 하는 것 같았다.

그러기를 잠시. 갑자기 녀석이 깔깔거리며 웃기 시작했다.

"으하하, 흰머리가 엄마 손을 잡고 자다니! 푸하하, 되게 웃긴다!"

"아, 아사!"

"저 녀석 알고 보니 마마보이였어! 덩치에 어울리지 않게 그게 뭐냐? 아아, 미치겠다!"

두 발로 바닥을 쳐 가며 웃는 것도 모자라 아사가 배를 잡고 방 안을 떼굴떼굴 굴렀다. 뭐가 그렇게 재밌는지 녀석의 그런 행동은 한동안 계속되었다.

놀려 먹으려다가 되레 당한 꼴이 돼 버린 라키아는 당연히 심기가 불편해졌고, 그 심정은 고스란히 표면에 드러났다.

이대로 두었다가는 심각한 사태가 올 것이 분명하기에 리안은 얼른 수습에 나섰다.

"저기…… 아사, 이제 그만 일어나는 게 어때?"

"크크크큭, 리안 잠깐만. 나 너무 웃었더니 배가 아파."

"찬 바닥에서 자꾸 구르니까 그렇지."

리안은 혀를 차며 걸어가 녀석의 몸을 직접 일으켜 세웠다.

"아아, 살살해! 배 땡긴단 말이야."

과한 웃음의 부작용인지, 아사가 허리를 펴며 앓는 소리를 냈다. 리안은 눈짓으로 라키아를 살피며 작게나마 아사를 야단했다.

"그게 뭐가 그렇게 웃기다고 그래. 어릴 땐 누구나 다 그러고 자는걸."

"리안이라면 몰라도 흰머리가 그랬다잖아! 저 자식이 엄마 손을 잡고 있다고 한번 상상해 봐. 리안은 안 웃겨?"

"응, 별로."

"한때 별명이 얼음기사였던 자식이야. 리안도 알잖아. 저 자식이 단원들을 어떻게 잡는지. 크크큭, 이 얘기 단원들한테 해 주면 완전 대박이겠다!"

생각만으로도 재미있다는 듯 아사가 다시 한 번 박장대소했다.

이미 사태는 돌이킬 수 없었다. 붉으락푸르락 변해 가는 라키아의 모습을 보며 리안은 남몰래 식은땀을 흘렸다. 즐겁게 시작한 술자리가 어째서 이런 식으로 흘러가는지 한탄스러울 뿐이었다.

"하아, 너무 웃었더니 눈물이 다 나네."

가빠진 호흡을 가다듬으며 아사가 눈가를 훔쳤다. 이제 좀 진정이 되었는지 녀석이 자리로 돌아가며 혼자 중얼거렸다.

"그래도 쪼금 부럽긴 하다."

"……?"

"난 엄마 손이라고는 잡아 본 적도 없는데 말이야."

리안이나 라키아에게 하는 말이 아니었다. 아무에게도 들키고 싶지 않은 속내를, 녀석은 자기 자신에게만 속삭이듯 말하고 있었다.

술에 취하지 않았더라면, 특별히 귀 기울이지 않았더라면 듣지 못했을 그 얘기가 리안과 라키아의 가슴을 한순간 무겁게 짓눌렀다.

"어이!"

어색한 공기가 주위를 잠식하려는 찰나, 라키아가 아사를 불러 세웠다. 막 앉기 직전이었던 아사가 반사적으로 뒤를 돌아보았다.

휙—

그런 녀석에게로 예고도 없이 술병 하나가 날아갔다. 신기한 것은 이미 뚜껑이 열린 상태임에도 내용물이 전혀 밑으로 쏟아지지 않았다.

"되다 만 고양이 주제에 이젠 하다 하다 술주정까지 하냐? 너도 그냥 나처럼 입 닥치고 술이나 처마셔!"

안 그런 척했지만 기분이 상했었던 게 틀림없다. 조금 전 아사가 했던 말을 그대로 옮기며 라키아가 병나발을 불었다.

잠시 멍해 있던 아사가 그제야 상황을 이해한 듯 손에 쥐고 있던 술병을 얼굴 가까이 바짝 들어 올렸다. 입꼬리가 말려 올라간 것은 굳이 말할 필요도 없었다. 녀석이 기다렸다는 듯 벌컥벌컥 술을 들이켰다.

"아사, 그만 마시라니까!"

리안이 아차 싶어 소리쳤지만 귀에 들어갈 리 만무했다.

"라키! 너도 그만 마셔! 아사한테도 술 그만 주고!"

"으아, 오늘 술맛 아주 좋은데! 어떠냐, 되다 만 고양이? 술맛 괜찮지?"

"엉, 이거 맛있다! 나 하나만 더 줘!"

"자, 옜다. 받아라!"

리안의 음성은 둘의 대화 속에 파묻혔다. 무시하기로 아주 작정을 한 듯 아예 대꾸조차 없었고, 이후로도 다량의 술병이 허공을 길 삼아 둘 사이를 왔다 갔다 했다.

"야, 힝머리! 긍데 낵아 언제 술주정을 했다공 그랭!"

입가로 흐르는 보라색 액체를 소매로 닦아내며 아사가 외쳤다.

"봐앙! 이렇게 멀쩡하장나!"

앉은 몸으로도 본인이 휘청대고 있다는 것을 전혀 알 리 없는 녀석은 정말로 억울하다는 듯이 가슴을 팡팡 쳤다. 열심히 술병을 따고 있던 라키아가 기가 차다는 듯 얼굴을 들었다.

"서 있는 것도 힘들어서 그러고 앉아 있는 주제에 뭐라고? 멀쩡?"

"구랭! 나 항 개도 앙 취했거등? 이거 왜 이랭—."

"아, 됐다 됐어. 내가 네 녀석이랑 무슨 말을 하냐. 알았으니까 조용히 술이나 마시다가 얼른 자라. 대체 술병을 얼마나 더 따야 하는 거야?"

손을 휘휘 저으며 라키아가 다시 술병 따기에 집중했다. 그러나 이어진 아사의 질문으로 인해 라키아가 다시 술병을 집기까지는 꽤 많은 시간이 필요했다.

"긍데 힝머리, 나 하나망 물어보쟈. 너어, 징짜 엄마 손잡공

잖어? 엉?"

*　*　*

"백작님! 로드리게즈 백작님!"

이번에야말로 아사를 가만두지 않겠다고 라키아가 결심을 굳히는 순간이었다. 이 자리에 있어선 안 되는 누군가의 목소리가 갑자기 그의 고막을 깨웠다.

"백작님, 제 말씀이 안 들리십니까?"

"어?"

눈앞의 장면이 순식간에 바뀌었다. 방금까지 함께 있던 리안과 아사의 모습이 사라지고, 자신을 향해 목을 쭉 내밀고 있는 보좌관 룩소르의 얼굴이 시야를 메웠다.

"이제야 정신이 좀 드십니까?"

안도한 듯 룩소르가 낮은 한숨을 내쉬며 뒤로 물러났다.

"여기가…… 어디지?"

뻑뻑한 눈자위를 문대며 라키아가 물었다. 그 이상한 물음에 잠시 멈칫하긴 했지만 룩소르의 입에선 예의 바른 말투가 흘러나왔다.

"술이 과하셨던 모양입니다. 여긴 쉐르단 후작이 머물고 있는 국경 도시 플루트입니다."

"플루트?"

"예, 그리고 백작님께선 현재 홀로 점.심. 식.사. 중.이셨습니다."

밥 먹다 말고 웬 술이냐는 뜻에서 일부러 힘을 준 것인데, 아직 멍한 탓인지 라키아는 미처 알아차리지 못하고 뒤늦은 고개만 주억였다.

"아, 맞아. 그랬지."

이제야 모든 기억이 났다.

폐하의 명으로 도시를 순방 중인 그는 이틀 전 거대 도시 플루트에 입성했다. 그간 긴 강행군이었고, 마침 시간이 나 피로도 풀 겸 잠깐 한잔한다는 것이 그만, 옛 생각에 빠져 허우적거리고 있었다.

얼마나 정신을 놓고 있었으면 머물고 있는 장소마저 잊었다. 수하 앞에서 창피한 일이었다.

"이런 한낮에 음주라니요. 백작님답지 않으십니다."

찬물을 건네는 룩소르의 음성에는 역시나 질책이 섞여 있었다.

"물이나 마시고 깨라는 건가?"

"목이 마르실 것 같아서 드렸을 뿐입니다."

라키아는 픽 웃으며 얌전히 컵을 입으로 가져갔다. 청량한 기운이 목구멍으로 넘어가자 한결 정신이 들었다.

"과음은 몸에 좋지 않습니다. 더욱이 기네스는 어지간한 술꾼도 버텨내지 못하는 독한 술입니다. 맛과 향은 좋을지 모르나, 술이 품고 있는 독기가 강해 내장까지 상하게 한다는 말이 있습니다. 그러니 다음부터는 자제해 주십시오."

"순진하게 그 말을 믿어?"

"......?"

"몇 병을 마셔도 끄떡없는 친구가 내게 둘이나 있으니까 걱정하지 마."

그렇게 말하는 라키아의 시선은 탁자 위 투명한 유리잔에 담긴 보라색 액체에 가 있었다.

언제였더라?

정확히 기억은 나지 않지만 어쨌든 그가 복권되기 전이었다. 처음으로 셋이서 술을 진탕 마시던 날, 맛이 좋다며 아사녀석이 계속 달라고 졸라댔었다.

한 남자가 헤어진 연인이 돌아오길 바라는 마음으로 만들기 시작했다는 술, 기네스.

남쪽 지방의 어느 특정 지역에서만 나는 귀한 열매로 빚는 이 술은, 녹색 빛깔이 발효를 통해 진한 보라색으로 변하는 것이 특징으로, 본고장에서조차 쉽게 구하지 못한다고 들었다.

그런 것을 먼 북쪽 땅까지 와서 본 탓일까. 아니면 녀석이 유독 좋아했기 때문일까.

룩소르의 말처럼 정말 그답지 않게 옛 생각에 흠뻑 취해 있었다. 술이라면 얼마를 마셔도 취한 적이 없는 자신이거늘, 오늘은 반병도 채 마시지 않았는데 취기가 도는 듯하다.

'이게 다 그놈의 고양이 때문이야.'

괜한 화풀이가 아사에게로 넘어갔다. 어머니 소식을 듣고 기운 없이 축 처져 있던 녀석의 모습이 자꾸만 머릿속에 아른거리며 그의 신경을 건드렸다.

그뿐인가. 지금쯤 녀석에 대한 걱정으로 속이 타들어 가고 있을 리안을 생각하면 저절로 이마에 굵은 주름이 생긴다.

'나도 참 어쩔 수가 없군.'

리안에겐 쓸데없는 걱정을 한다며 실컷 타박을 해 놓고는 자신 또한 벗어나질 못하고 있으니 한심하기 짝이 없다. 그것도 어명(御命)을 수행하는 와중에.

복권된 이후로 자신의 꼬투리를 잡기 위해 두 공작들이 눈에 불을 켜고 있는 요즘이다. 잡생각은 버리고 어느 때보다 정신을 바짝 차려야 할 시기인 것이다.

무슨 일이 생겼다면 연락이 왔어도 벌써 왔을 터, 더 이상의 잡념은 금물이었다. 라키아는 냅킨을 내려놓으며 의자를 뒤로 밀었다.

"식욕이 없군."

"예?"

"점심 말이야. 다 먹었으니 그만 치우라고 해."

탁자 위엔 기네스 말고도 여러 음식들이 차려져 있었다. 대식가인 그를 위해 매끼마다 엄청난 양의 음식들이 올라오곤 하는데, 오늘도 역시나 대부분의 접시들이 깨끗하게 비워진 상태였다.

그런데 식욕이 없다니?

티를 내지 않기 위해 노력했으나 묘하게 일그러지는 얼굴을 룩소르도 어쩌지 못했다.

"뭐가 잘못되었나?"

"……아니요, 아닙니다."

"표정이 이상한데?"

일어서다 말고 라키아는 탁자를 빙 둘러봤다. 완벽하게 비우지 못한 접시 몇 개가 그의 눈살을 찌푸리게 했다.

"역시 입맛이 없더라니."

"……."

"그나저나 무슨 일이야? 아침에 오늘 일정은 더 이상 없다고 하지 않았나?"

잠시 딴 데 정신이 팔려 있던 룩소르는 그제야 본연의 의무가 생각났다.

"아, 그게 말입니다. 아무래도 나가 보셔야 할 것 같습니다."

"나가? 어디를?"

"그게 기사단에 문제가 좀……."

라키아의 남청색 눈동자가 사납게 휘어졌다.

출정을 한 이후로 지금껏, 드래곤 기사단은 아무런 문제도 일으키지 않았다. 기사단이라는 게 순 험한 사내들로 이루어진 집단이다 보니 종종 크고 작은 사건이 터지고는 하는데, 맡은 임무의 중요성을 아는 것인지 이번 기사단의 행보는 기이할 정도로 조용했다.

그러니 첫 사고치고 늦게 일어난 작금의 사태를, 라키아는 넓은 아량으로 이해해 줄 용의가 있었다. 평소였더라면 말이다.

"어느 놈이야?"

현재 그들이 있는 곳은 국경 도시 플루트다. 이곳은 금번 일정에서 가장 중요한 도시였고, 국경 도시인 만큼 전 대륙의 이목이 집중된 곳이었다.

무엇보다 여기에는 그가 있었다.

타운젠드 공작의 가장 든든한 조력자이자 국경 수비대 군단장인 바함 드 쉐르단 후작.

소드 마스터인 그가 굳건히 버티고 있기에 제국민들이 편히 잠들 수 있는 거라는 말이 나돌 정도로, 백성들에게 큰 지지와 애정을 받고 있는 자가 바로 쉐르단 후작이었다.

황도에 머무는 시간이 일 년에 채 며칠도 되지 않는 후작이지만, 그가 미치는 영향력과 파급효과는 두 공작들의 수준에 버금갔다.

뛰어난 지략가이자 노련한 싸움꾼인 그가 있는 곳에서는 아무리 라키아라도 문제를 일으키고 싶지 않은 게 솔직한 심정인 것이다.

"누구냐니까?"

대답이 없는 게 수상했다. 라키아가 엄한 태도로 다그치자 룩소르가 마지못해 입을 열었다.

"……전부 다입니다."

"전부라고?"

"예."

"그럼 설마……?"

뒷말은 들을 필요도 없었다. 기사단 전부가 문제의 주인공이라면 그것은 또 다른 무리가 얽혀 있다는 뜻이니까. 기사단 대 기사단끼리 말썽이 이는 것은 실상 자주 있는 일이었다.

하지만 미리 언급했듯이 여긴 국경 도시 플루트고, 이곳에서 드래곤 기사단과 맞붙을 상대라면 오직 거기뿐이다.

쉐르단 후작이 이끄는 붉은 곰 기사단!

통칭 '거인' 기사단이라고도 불리는 그들은 개개인의 키가 다들 2미터가 넘고 하나같이 거대한 덩치를 자랑했다. 무엇보다 거구에서 뿜어져 나오는 완력들이 집채만 한 바위 정도는 거뜬히 든다고 하니 그 위압감이 어떨지 짐작하기도 어렵다.

출정을 나와 라키아는 처음으로 단원들의 생사가 우려되었다.

* * *

룩소르 본 행콕.

황제의 특별 지시를 받고 지금은 라키아의 보좌관으로서 책무를 다하고 있지만, 그의 본래 주된 업무는 황실의 재산 관리였다.

라키아가 사라졌던 그해 말쯤 능력을 인정받아 오른 자리였기에, 황실의 관료임에도 그가 라키아를 본 것은 몇 달 전이 처음이었다.

새로운 상관에 대한 첫인상은 듣던 대로 무시무시했다. 가만히 서 있기만 해도 냉기가 풀풀 풍기는 분위기하며, 무뚝뚝한 음성에 이마에는 항시 주름이 잡혀 있었다.

괜한 위축감마저 들어 업무 일정에 관해 보고를 할 때면 초조한 마음이 들기도 했다.

그러나 역시 사람은 겪어 봐야 안다고 했던가. 무성한 소문에 걸맞지 않게 라키아는 의외로 대하기가 편한 상대였다.

겉모습이 차가울 뿐, 단 한 번도 사리에 어긋나는 명을 내린 적이 없었고, 아랫사람이라고 함부로 말하지도 않았다. 말투는 퉁명스러울지 몰라도 오히려 그의 말 속에는 수하들을 향한 애정이 숨어 있기도 했다.

룩소르는 아직까지 자신의 새 상관이 제대로 화를 내는 모습조차 본 적이 없었다.

"아직 멀었나?"

그런 라키아가 지금 분노하고 있었다. 룩소르를 따라 기사단이 있는 곳을 향해 걸어가고 있는 그의 얼굴이 어느 때보다 살벌했다.

그것이 문제를 일으킨 단원들에 대한 노기인지, 아니면 그 상대인 거인 기사단에 대한 역정인지 룩소르로서도 알 길이 없었다.

"이곳입니다."

한참을 걸은 끝에 한 주점 앞에서 멈춰 섰다. 고개를 들어 바라보니 입구 상단에 커다란 현판이 걸려 있었다.

"거인들이 노니는 곳?"

라키아가 눈살을 찌푸리며 읽자 룩소르가 설명했다.

"붉은 곰 기사단이 단골로 드나드는 술집입니다. 원래 다른 이름이 있었다고 하는데, 기사단이 워낙 유명하다 보니 지금의 명칭으로 굳어진 듯합니다."

"그런데?"

라키아의 표정이 더욱 일그러졌다. 듣자 하니 여긴 그들의 아지트나 마찬가지였다. 하고많은 곳을 놔두고 왜 이곳에서 싸움이 벌어졌는지 그는 이해할 수가 없었다.

"이 근방에서 제일 술맛이 좋은 곳을 찾다 보니 그리되었습니다."

"술맛이라니? 아니, 지들이 언제부터 술맛을 따졌다고?"

"그게…… 백작님께서 아무거나 마시지 말라고 그랬다던데……."

"내가?"

"예, 아닙니까?"

"내가 언제……!"

강하게 부정하던 라키아는 막 떠오르는 기억에 끝까지 말을 잇지 못했다.

"모처럼 만에 찾아온 휴일이다. 금일만큼은 아낌없이 지원해 줄 테니 술값 아끼지 말고 어디 좋은 곳에 가서 마음껏 즐기도록! 단, 내일 아침 기상 시간에 한 명이라도 누락자가 있다면 전원 용서하지 않겠다. 알겠나?"

'끙, 내가 괜한 말을 했군.'

딴에는 생각해 준다는 것이 그만 분란의 씨앗이 되고 말았다. 라키아가 골치 아프다는 듯 질끈 눈을 감자, 룩소르가 모른 척 마저 이야기했다.

"그리고 저와 단원들이 도착했을 때 주점에는 일반 손님들뿐이었습니다. 붉은 곰 기사단이 온 건 시간이 제법 흐른 뒤였습니다."

"자네도 함께 있었단 말인가?"

"예, 단원들의 권유도 있었고 저도 특별히 할 일이 없었기에 참석했습니다. 만일 그들이 먼저 자리하고 있었다면 절대 들어가지 않았을 겁니다."

"난감한 상황이었을 텐데 잘도 빠져나왔군."

"저는 일단 기사단은 아니니까요."

"……들어가지."

그 이상은 가서 보면 알 터였다. 라키아가 주점의 정문을 향해 앞장서서 올라갔다.

"오오, 이게 누구신가?"

그때 불쑥 주점 옆 골목길 안쪽에서 굵직한 음성과 함께 두 사내가 나타났다.

둘 중 키가 작은 쪽은 한눈에 보아도 주점에서 일하는 종업원임을 알 수 있었는데, 그가 겁먹은 시선으로 양측의 눈치를 살피다가 이내 도망치듯 주점 안으로 쏙 들어가 버렸다.

라키아는 말없이 계단을 다시 내려갔다. 그리고 남은 사내에게 정중히 인사했다.

"쉐르단 후작 전하를 뵙습니다."

"도착했다는 소리는 내 들었지. 이게 얼마 만인가?"

라키아의 키가 절대 작은 키가 아님에도 쉐르단 후작과 가까이 서자 마치 어른과 아이를 보는 듯했다.

이미 붉은 곰 기사단을 본 이후였기에 어느 정도 예상은 했지만, 역시나 듣는 것과 보는 것에는 큰 차이가 따랐다.

사자의 갈기와도 같은 붉은 머리칼을 휘날리며 씨익 미소 짓고 있는 사내.

바함 드 쉐르단 후작의 첫인상은 그야말로 엄청났다. 2미터가 훌쩍 넘는 거체의 몸에서 뿜어져 나오는 위압감이 상상 이상이었다.

그는 그 자체로 '산' 같았다.

세상 어떤 일에도 꿈쩍하지 않을 것 같은 크고 높은 산.

오십이라는 나이가 전혀 믿기지 않을 정도로 그는 젊었으며 패기가 충만했다.

이상한 점은, 여기에 왔다는 건 안의 사정을 벌써 다 알고 있을 텐데도 라키아를 향해 그가 줄곧 웃고 있다는 것이었다. 그것이 매우 반갑다는 듯 같아서 룩소르는 혼란스러웠다.

“6년 정도 된 듯합니다. 그간 안녕하셨습니까?”

“보면 알 것 아닌가. 나야 이 변방에서 활개 치며 잘 살고 있지. 근데 6년밖에 안 되었다고? 헐, 어째서 난 한 10년은 된 것 같지?”

“후작님은 뵐 때마다 그러십니다.”

“내가 그랬던가? 하하하하!”

쉐르단 후작이 목젖이 드러날 정도로 크게 소리 내어 웃었다. 주변의 공기가 울릴 만큼 화통한 웃음소리였다.

“안 그래도 오늘 저녁에 인사를 드리러 갈 참이었는데 잘 되었네요. 시간 괜찮으시면 안에 들어가서 한잔하시겠습니까?”

“나야 좋지! 어차피 피차 해결해야 할 건도 있고. 오랜만에 코가 삐뚤어지게 마셔 보세나! 하하하!”

호탕하게 웃고 있지만 한순간 후작의 눈동자가 예리하게 빛났다. 멀찌감치 떨어져 있음에도 룩소르는 별안간 등골이 오싹했다.

"그럼 들어가시지요."

라키아가 옆으로 비켜서며 앞을 가리켰다. 후작의 기세에 눌려 인사조차 올리지 못한 룩소르와 달리 그는 시종일관 담담했다.

'이런 게 소드 마스터라는 자들인가.'

룩소르가 침을 꼴깍 삼키며 그 뒤를 따랐다.

* * *

주점 안의 분위기는 일촉즉발의 상황이었다. 서로의 기사단이 싣고 있는 이름의 무게를 아는지라 함부로 나서지 못했을 뿐, 눈빛으로만 치자면 벌써 여럿 죽였을 것이다.

오십이 넘는 인원이 동서로 나뉘어 상대 진영을 노려보고 있는 모습은 가히 장관이었다. 양측의 체격 차이가 현격했지만 형세는 엇비슷했다.

붉은 곰 기사단의 우람한 체구를 보고서도 누구 하나 기죽지 않았다. 오히려 드래곤 기사단의 얼굴에는 싸워서 이길 수 있다는 자신감이 서려 있었다.

손님들은 이미 내뺀 지 오래였다. 넓은 주점 홀에는 오로지 두 기사단과 구석에서 벌벌 떨고 있는 사장, 그리고 종업원들뿐이었다.

끼이익.

그렇게 얼마나 지났을까.

유치한 언쟁과 험한 욕설이 오가는 그 현장 속으로 마침내 문이 열리며 두 남자가 모습을 드리웠다. 가장 먼저 거대한 그림자가 홀의 중앙을 채웠다.

누구라고 물을 것도 없었다. 실내는 쉐르단 후작의 등장과 함께 일순간 고요가 찾아왔다.

쿵. 쿵.

후작의 육중한 발이 지면과 마찰을 일으킬 때마다 묵직한 음향이 사방으로 퍼졌다. 동시에 팽팽한 긴장감 또한 조성되었다.

그의 출현에 붉은 곰 기사단 단원들은 잠시 주춤하는 듯했다. 황제의 명을 받고 출정한 기사단과 술을 마시다가 싸움을 벌였으니 징계를 받아도 할 말이 없는 경우였다.

그러나 든든한 아군이 나타났다는 여유인지 곧 어깨에 힘이 실리며 득의양양한 표정을 짓기도 했다.

반대로 드래곤 기사단 측은 당황의 기색이 역력했다. 단원들끼리 붙어도 어떻게 될지 모르는 상황에서 단장인 쉐르단 후작의 가세는 그들의 사기를 꺾어 놓기에 충분했다.

"여기가 좋겠습니다."

라키아가 나선 것은 그때였다. 후작의 두툼한 뱃살에 가려져 있던 그가 뚜벅뚜벅 걸어 나와 원탁 앞에 섰다. 의자 여러 개가 딸린 제법 큼직한 나무 탁자는 정확히 홀의 중심에 놓여 있었다.

"다, 단장님!"

그제야 라키아를 발견한 드래곤 기사단의 얼굴에 화색이 돌면서 장내는 새로운 국면(?)을 맞이했다.

천재 검사, 라키아!

또 한 명의 소드 마스터를 접한 붉은 곰 기사단의 반응 역시 눈에 띄게 달라졌다.

현 대륙에 그를 수식하는 언어는 많다.

죽지 않는 불사신, 금세기 최고의 전사, 대륙 최강의 사나이 등등.

비록 파벌이 다르고 모시는 이는 아니지만 무를 숭상하는 그 마음은 똑같다. 돌아온 검의 대가 라키아를 대면하는 그들의 가슴이 흥분으로 벅차올랐다.

"모름지기 사내란 어딜 가든 중심에 서야 하는 법이지."

라키아의 자리 선택이 마음에 들었던지 쉐르단 후작이 고개를 끄덕이며 착석했다. 그가 앉자 넓게만 보이던 원탁이 단숨에 아이들 장난감처럼 비쳤다.

"어이, 주인장! 여기 주문 안 받나?"

호출이라기보다 호통에 가까운 목소리였다. 실내를 쩌렁쩌렁하게 울리는 그 음성에 가게가 무너질까 봐 전전긍긍하던 사장이 헐레벌떡 뛰어왔다.

"네, 네! 가, 갑니다요!"

붉은 곰 기사단에 버금갈 바는 못 되었지만 주점의 사장 역시 비대한 덩치를 자랑했다. 식은땀이 범벅이 된 얼굴을 손수건으로 연방 닦아 가며 그가 어설프게 웃었다.

"헤에, 무엇을 드릴깝쇼?"

"일단 시원한 맥주부터 서너 통 가져오게. 아침부터 내내 걸어 다녔더니 목이 타서 말이야."

"즉각 대령하겠습니다!"

"자네는 뭐로 할 텐가?"

"저도 후작님과 같은 걸로 하겠습니다."

"그럼 한 통 더 추가! 안주는 튼실한 멧돼지 구이와 매운 오리볶음으로 하지. 여긴 그게 맛있어."

"잠시만, 잠시만 기다리십시오!"

사장이 체격에 어울리지 않게 쏜살같이 주방으로 달려갔다.

뒤늦게 홀을 둘러보며 후작이 말했다.

"오늘은 손님이 하나도 없군. 술 마시기 딱 좋은 날이야. 하하하!"

"술 좋아하시는 건 여전하십니다."

"그럼! 술을 마시지 않고서야 어찌 사내라 할 수 있나. 사내에겐 술이란 여자보다 중요한 것일세."

"……그렇습니까?"

"당연히 그렇고말고. 여자 없이는 살아도 술 없이는 못 살지!"

"설마 그래도 폐하보다 중요한 건 아니시겠지요?"

"……!"

마치 정곡을 찔린 사람처럼 쉐르단 후작의 웃음기가 한순간에 사라졌다. 그가 타운젠드 공작을 지지한다는 걸 알면서도 이처럼 말한다는 것은 명백한 도발이었다.

나름의 호의를 갖고 라키아를 지켜보던 붉은 곰 기사단의 눈에 단체로 불씨가 어렸다.

"제가 너무 곤란한 질문을 하였습니까?"

"오랜만의 만남인데 자넨 쓸데없는 걸 묻는군. 내게 주군보다 중요한 것이 무에 있겠나?"

"후작님의 머리색을 보면 항상 폐하가 떠올라서 말입니다. 농이 지나쳤다면 사과드립니다."

"적발은 나뿐만이 아닐세."

"물론 그렇지요. 하지만 폐하나 후작님과 같은 짙은 붉은색 머리칼은 찾기가 힘들다고 알고 있습니다. 그래서 황가의 상징이 된 게 아니겠습니까. 생각해 보면 저 역시 그토록 붉은 머리색은 자주 보지 못한 것 같습니다."

후작을 곧게 응시하는 라키아의 눈빛에는 한 치의 흔들림도 없었다. 어떤 상황에서도 거리낄 것이 없어 보이던 후작이 그 순간만큼은 이상할 정도로 조용했다.

"주문하신 맥주 나왔습니다!"

찰나의 적막을 깬 것은 다섯 명의 종업원들이었다. 그들이

각기 맥주 한 통씩을 등에 이고 홀로 들어섰다.
타악! 타악!
라키아와 후작 앞으로 맥주 통이 각각 하나씩 놓였다.
"맛있게 드십시오!"
소리는 우렁찼지만 가늘게 떨리는 것이 다들 아직까지 겁을 먹고 있음이 분명했다. 볼일이 끝나자마자 모두 뒤도 안 돌아보고 주방을 향해 재게 걸었다.
"자, 그럼 마셔 볼까?"
"제가 따 드리겠습니다."
맥주 통을 바라보는 쉐르단 후작의 눈빛은 처음으로 돌아가 있었다. 그가 입맛을 다시며 맥주 통을 향해 손을 뻗는데 갑자기 붉은 곰 기사단 한 명이 불쑥 튀어나왔다. 그리곤 후작의 허락을 기다릴 새도 없이 능숙한 손놀림으로 뚜껑을 열었다.
"저도 해 드리겠습니다."
질세라 드래곤 기사단 측에서도 누군가 쏜살같이 나섰다. 여전히 분에 찬 얼굴을 하고 있는 녀석은 리안이 아끼는 스캇이었다.
라키아가 돌아보니 원탁 주변이 어느 틈엔가 기사단들로 꽉 둘러싸여 있었다. 라키아와 후작을 중심으로 둥그렇게 모여든 단원들은 서로를 마주 보는 형태로 반달을 그리고 있었다.
파앙—
시원한 소리와 함께 맥주 향이 진동을 했다. 사장이 내온 것은 특별 손님에게만 판매한다는 주점의 진미 이레이산(産) 흑맥주였다.

"건배하지."

후작이 한껏 기대에 찬 표정으로 맥주 통을 번쩍 들었다. 끙끙거리며 힘겹게 맥주 통을 옮기던 종업원들과는 사뭇 비교가 되는 모습이었다.

어느 정도 예상은 하고 있었지만(이미 후작은 전적이 있다) 막상 잔도 없이 맥주를 마시려니 라키아는 곤란하기가 이루 말할 수 없었다.

하지만 이제 와서 빼기도 그렇고, 먼저 술을 청한 것은 자신이기에 마지못해 자리에서 일어났다.

"후작님을 다시 뵙게 되어서 기쁩니다."

라키아가 먼저 맥주 통을 후작에게로 내밀었다. 다 큰 사내 둘이 나란히 맥주 통을 안고 있는 모습이 충분히 우스꽝스러울 텐데도 양측 기사단들은 결의라도 다지는 듯 진지하기만 했다.

"나야말로 복귀한 것을 환영하네. 이건 진심이야."

라키아를 한 차례 진중하게 쏘아본 뒤 후작이 맥주 통을 높이 쳐들고 자신의 입으로 퍼부었다. 말 그대로 정말 퍼부었다 고밖에는 달리 표현할 길이 없었다.

하마가 물을 들이켜듯 쉬지도 않고 들어가는 맥주를 보며 붉은 곰 기사단은 '과연'이라는 표정을 지었고, 드래곤 기사단은 넋을 잃었다.

어디 가서 빠지지 않을 술꾼이라고 자처하는 이들도 후작 앞에서는 이름도 못 내밀 것 같았다. 술을 마시는 것마저도 그는 단연 최고였다.

"끄어억, 맛있군. 바로 이 맛이야!"

순식간에 비어 버린 맥주 통이 허무하게 바닥으로 내려앉았다. 마신다고 마셨지만 라키아의 맥주 통에는 아직도 많은 양의 맥주가 출렁이고 있었다.

그것이 안타깝다는 양 뒤에서 아쉬움의 한탄이 흘러나왔다.

"……."

딱히 원샷을 좋아하는 타입도 아니고(맥주가 체질도 아니다) 후작의 강요도 없었으니 라키아로서는 맥주 통을 비울 이유가 전혀 없었다.

그럼에도 기가 죽은 듯한 단원들의 기색이 그의 신경에 도화선을 그었다.

라키아가 일어나 맥주 통을 다시 들었다. 그리고 망설임 없이 맥주를 들이켰다.

아무리 대식가인 라키아라 할지라도 맥주 통을 한 번에 비운다는 것은 결코 쉽지 않은 일이었다. 그러나 조금의 힘든 내색도 없이 라키아는 그 일을 해냈고, 후작과 같은 빈 맥주 통을 바닥으로 내려놓았다.

단원들의 얼굴이 뿌듯함으로 빛났다. 은근슬쩍 비소를 짓고 있던 붉은 곰 기사단들도 의외였는지 누군가 휘파람을 불었다.

"안 보던 사이에 술이 많이 는 모양이군. 그래도 무리하지는 마. 나처럼 마시다가는 아무리 자네라도 큰일 나는 수가 있어."

"늘었다니요. 후작님께서 뭔가 착각하신 듯합니다. 전 단 한 번도 술에 취해 본 적이 없는 사람입니다."

"그래?"

"네, 죄송하지만 맥주 좀 빌려야겠습니다."

종업원이 가져온 맥주는 총 다섯 통이었다. 그중 나머지 세 통이 모두 후작의 발치에 놓여 있었다. 라키아는 두 걸음 만에 그곳으로 걸어가 맥주 통 하나를 더 가져왔다.

후작의 입가가 재미있다는 듯 실룩거렸다. 그는 언제나 이런 도전을 반기는 편이었다. 하물며 그 상대가 대륙 최고의 검사라는 라키아라면야.

"후훗, 얼마든지. 자, 그럼 본론으로 들어가서 양측이 붙은 원인이 뭐라던가?"

"듣지 못하셨습니까?"

"나에게 알리러 온 건 보좌관이 아니라 주점의 종업원이거든."

쉐르단 후작의 눈길이 잠시 룩소르를 향했다가 돌아왔다.

"괜한 싸움에 주점이 박살이라도 날까 봐 무서웠던 게지."

"충분히 할 수 있는 걱정입니다. 재빠른 그 행동 덕에 주점도 무사하고, 전 이렇게 일찍 후작님을 뵙게 되었으니 나쁘지 않은 선택이었군요."

"안 본 사이에 는 게 술만이 아닌 것 같군. 말주변도 좋아졌어."

주량은 그대로라는 것을 재차 인식시켜 주려다가 라키아는 그냥 넘어가기로 했다.

"칭찬으로 듣겠습니다."

"난 원래 칭찬에 후한 사람이라네, 하하하!"

너스레를 떠는 후작을 가만히 바라보다가 라키아는 운을 뗐다.

"제 보좌관 말에 의하면 후작님의 수하들 쪽에서 먼저 시비를 걸었다고 합니다."

"시비?"

"네, 기사로서 해서는 안 될 말을 입에 담은 모양입니다."

"기사가 무슨 성자라도 되는가? 여긴 저놈들의 안마당과도 같은 곳이야. 술도 들어갔겠다, 못할 말이 뭐가 있다고?"

"그 말씀에는 저도 어느 정도 동의하는 바입니다. 하나, 그 안마당에 손님이 있다면 예를 차려야 하는 것이 마땅하지 않겠습니까?"

"손님이라니?"

그런 게 어디 있냐는 듯 쉐르단 후작이 큰 동작으로 주변을 쓱 훑었다.

"그럼 아니었습니까?"

라키아는 동요하지 않고 묵묵히 받아쳤다.

그는 황제의 명을 받고 이곳으로 온 수행자이자 집행자였다. 공작파인 후작 입장에서는 마뜩잖은 상대인 것이 분명하지만, 이렇듯 대놓고 무시할 수 없는 것 또한 사실이었다.

반사적으로 손님이라는 단어에 거부감을 표현하던 쉐르단 후작이 라키아의 물음에 잠시 말문을 잃고 머뭇거렸다.

"누구나 귀족 부모를 등에 업고 태어날 수 없습니다. 마찬가지로 누구나 좋은 환경에서 자라날 수 없습니다. 그랬다면 애초에 빈부격차라는 것도 생기지 않았을 테고, 지금처럼 계급 사회가 될 수도 없었을 겁니다. 하지만!"

"……?"

"귀족이 부모가 아니더라도, 좋은 환경에서 자라지 못했더라도 사람은 누구나 변할 수는 있습니다. 그렇기에 저는 드래곤 기사단 중 어느 한 명도 제 수하라는 사실이 부끄럽지 않습니다. 후작님도 이참에 잘 기억해 두십시오. 훗날 대륙에 이름을 떨칠 녀석들이니까요."

"……그런 스토리였군."

라키아가 돌려서 말했지만 쉐르단 후작은 제대로 알아들었다.

일전에 대강은 들었다. 죽은 줄로만 알았던 라키아가 지난

5년 동안 공들여 만들었다는 드래곤 기사단의 단원들이 대부분 떠돌이 삼류 용병이거나 시장통에서 건달 노릇을 하던 자들이라는 것을.

붉은 곰 기사단은 그런 그들의 출신 성분을 가지고 시비를 건 것이리라.

라키아가 옳았다. 아무리 안마당이라 해도 기사라면 의당 지켜야 할 것이 있다.

모자란 실력에 대해 비웃을 수는 있을지언정 나고 자란 환경을 모욕해서는 안 되는 것이다. 기사가 되었다는 것은 엄청난 수련과 고통을 이겨냈다는 뜻이다. 그런 환경 속에서 기사가 되었다면 오히려 칭송을 받아야 마땅한 것이다.

"이번 일은 내 쪽에서 사과하지."

"단장님! 어찌 단장님께서……!"

"시끄럽다! 너희들은 동료까지도 조롱거리로 전락시켰다! 그러고도 아직 할 말이 남았다는 것이냐!"

"……!"

이 자리에는 없지만 붉은 곰 기사단 중에도 미천한 출신의 단원이 소수 존재했다. 후작이 그 사실을 일깨우자 단원들의 고개가 일제히 푹 숙여졌다.

동료마저 업신여긴 그 한심한 꼴에 후작은 말도 못할 격분을 느꼈다.

콰앙!

광포한 기세가 그에게서 뻗어 나왔다. 후작이 곰 같은 손으로 탁자를 내리치며 일갈했다.

"동료를 하찮게 여기는 것은 어떠한 경우에도 용납할 수 없다! 전장에서 목숨을 함께할 전우를 욕보이고도 너희들이 기사라고 할 수 있겠나!"

"……."

"너희들은 나 역시도 수치스럽게 만들었다! 모두가 보는 앞에서!"

수사자의 포효가 이럴까.

이렇듯 화가 난 모습의 후작은 라키아도 이제껏 본 적이 없었다. 그가 무시무시한 눈초리로 수하들을 노려보며 명령했다.

"전부 돌아가서 근신토록 하라. 지금 당장!"

호탕한 성격답게 평소 너그러운 편이지만 한 번 화가 나면 무섭게 돌변하는 것이 후작의 성품이기도 했다. 그의 서릿발 같은 호통에 거구의 사나이들이 움찔하며 쥐 죽은 듯 주점을 나섰다.

갑자기 변해 버린 형세에 드래곤 기사단도 찔끔찔끔 눈치를 살피다가, 이내 부단장의 명에 하나둘 밖으로 나갔다. 왠지 더 이상 있어서는 안 될 자리 같았기 때문이다.

"감사합니다."

크게 번질 수 있었던 일이었다. 사과까지 하며 자신의 진정을 알아준 후작에게 라키아는 고마운 마음을 전했다.

"진심인가?"

"물론입니다."

"그럼 내 부탁 하나 정도는 들어줄 수 있겠군."

"말씀만 하십시오."

언제 그랬냐는 듯 음흉하게 빛나는 눈빛이 수상했지만 라키아는 거절할 수 없었다.

"오늘 한판 어떤가?"

"……역시 그거였습니까?"

"이런, 눈치채고 있었나?"

"저만 보면 항상 몸이 근질거리는 분이 아니십니까."

"그걸 알면서도 내가 청하길 기다리는 심보는 뭐지?"

"글쎄요. 강자의 여유라고 해 두죠."

거만하게 어깨를 으쓱이는 라키아를 보며 후작이 껄껄 웃었다.

"으하하, 갑자기 옛날로 돌아간 기분이군! 아주 좋아!"

"기억하고 계십니까?"

"물론! 꼬맹이 주제에 내 혼신의 실력을 유일하게 받아친 자네가 아닌가. 절대 잊지 못하지."

그날은 제국 최강의 검사라는 타이틀이 후작에게서 라키아로 넘어간 날이기도 했다. 잠시 씁쓸함이 감도는가 싶더니 후작이 유쾌하게 외쳤다.

"오랜만에 실컷 놀아 볼 수 있겠군! 자, 먼저 술부터 마시세!"

"저도 그러고는 싶지만 여기선 안 될 것 같습니다."

"응? 그게 무슨 소린가?"

막 맥주 통을 집어 들던 후작이 불쌍할 정도로 인상을 와락 구겼다.

라키아가 밑을 보라는 듯 눈짓으로 아래를 가리켰다. 그 순간 기다렸다는 듯 원탁이 쩌억 소리를 내며 양쪽으로 갈라졌다.

"으차."

떨어지기 직전의 맥주 통을 가뿐히 낚아채며 라키아가 일어섰다.

"그러게 탁자를 그렇게 세게 내리치시면 어떡합니까. 기물 파손은 엄연한 범죄입니다."

"그래서 날 잡아가기라도 하겠다는 건가?"

"설마 그럴 리가 있겠습니까. 앞으로는 조심하시라는 뜻입니다. 이쪽으로 오십시오."

라키아가 맥주 통을 든 채 다른 곳으로 자리를 옮겼다. 말 잘 듣는 어린아이처럼 후작이 남은 두 통의 맥주를 양쪽 허리에 끼운 채 라키아를 주섬주섬 따라갔다.

"룩소르 보좌관님."

라키아의 보좌관으로서 룩소르는 기사단과 달리 주점 안에 머무르고 있었다. 입구 쪽에 서서 두 사내의 대화를 지켜보고 있던 그에게 스캇이 다가와 서찰 하나를 건넸다.

"뭔가 이게?"

"웬 남자가 이걸 단장님께 전해 드리라고 합니다."

"누군지 물어보지 않았나?"

"그럴 틈이 없었습니다. 단장님께 드리면 아실 거라고만 하고는 바로 사라졌습니다. 딱히 수상해 보이지는 않아서 가져왔는데 문제가 될까요?"

"아닐세. 보나 마나 어느 귀족가에서 백작님을 초대하는 걸 테지. 내가 알아서 할 테니 자네는 그만 나가 보게."

걱정스러운 표정을 짓는 스캇을 밖으로 내보낸 뒤 룩소르는 귀찮다는 듯 서찰을 개봉했다. 그런 그의 두 눈이 다음 순간 화등잔처럼 벌어졌다.

"……!"

서찰의 내용은 그가 기대했던 것과는 전혀 달랐다. 안에는 달랑 숫자 하나만이 쓰여 있었다.

1

작지만 붉은색 잉크로 또렷이 쓰여 있는 그 숫자를 본 룩소르의 심장이 쿵쿵 뛰었다.

"숫자 1이 적힌 서신이 도착하면 어떤 경우에든 즉각 나에게 알리도록. 만일 그것을 어길 시 돌아오는 사태에 대해서는 모든 책임을 너에게 묻겠다."

라키아의 보좌관으로 임명되고 며칠 지나지 않았을 때 그가 받은 명이었다. 이제 와 생각해 보면 그때만큼 라키아가 무섭게 느껴졌던 적이 없는 것 같다.

룩소르의 시야가 두 남자가 있는 곳을 향해 돌아갔다. 막 라키아의 시원한 웃음소리가 터져 나오고 있었다.

제2화

아신

리안은 재빨리 뒤로 물러나며 경계 태세를 취했다. 온몸의 털이 곤두섰다. 이런 장소에서, 그것도 이토록 갑작스럽게 아사의 형을 만날 거라곤 꿈에도 생각지 못했다.

"애써 살려 준 보람이 없군."

긴장하는 리안과 달리 아신은 매우 여유로운 동작으로 근처 바위로 가 앉았다.

"기운을 거두는 게 좋을 거야. 우리 묘인족은 기감이 매우 밝은 종족이거든."

"……?"

"다시 잡히고 싶지는 않을 텐데?"

한쪽 입꼬리가 올라가 있지만 그의 은백색 눈동자는 전혀 웃고 있지 않았다. 그의 싸늘한 시선이 몸을 훑어 내리자 리안은 그대로 얼어붙을 것 같았다.

"말귀를 못 알아듣는군."

아신이 벌떡 일어나 리안을 향해 성큼성큼 다가왔다. 돌연한 그 행동에 리안이 의아해할 때, 그가 리안의 가슴팍으로 손을 뻗었다.

파직—

미세한 소음과 함께 전류 같은 것이 아신의 손을 타고 리안에게로 전해졌다. 고통은 없었지만 전신을 휘감는 충격에 리안의 몸이 휘청거렸다.

"이제 됐군."

아신이 손을 떼며 흡족한 표정을 지었다. 그리고 리안은 그제야 자신의 몸에서 요동치던 마나가 잠잠해졌다는 사실을 깨달았다.

무엇을 어떻게 한지는 알 수 없었다. 다만 아신에 의해서 몸이 제어가 되었다는 것이 리안으로서는 기분이 나빴고, 그를 이처럼 가까이 접근하도록 내버려 둔 것에 화가 치밀었다.

본능적으로 리안은 그를 피해 다시 뒤로 물러났다.

"겁이 많군."

그것이 재미있다는 듯 아신이 히죽 웃었다. 이번에도 역시나 그의 눈은 웃지 않았다.

“혼자서 여기까지 온 걸 보고 용기가 꽤 가상하다 여기고 있었는데, 이거 좀 실망스러운걸?”

“…….”

“이런, 내가 벙어리를 구했던가?”

말이 없는 리안을 벙어리에 빗대며 아신이 또 한 번 빙긋거렸다. 그에 반항이라도 하듯 리안이 되물었다.

“왜입니까?”

“뭐?”

“저를 도와준 것 말입니다. 당신으로선 그럴 이유가 전혀 없을 텐데요.”

“나를 알고 있나?”

리안이 대답하지 않았지만 아신은 이해한다는 듯 홀로 고개를 끄덕였다.

“그러고 보니 입국하기 전, 인간들이 철저히 교육을 받는다는 얘길 들은 것도 같군. 그래도 날 한 번에 알아보다니 눈썰미가 제법이야.”

‘눈썰미라고?’

리안은 하마터면 실소할 뻔했다.

아신도 아사만큼이나 본인에 대해 잘 모르는 게 분명했다. 눈썰미 같은 것은 애초에 필요 없다. 대체 누가 그를 몰라볼 수 있단 말인가?

시선을 끄는 외모야 말할 것도 없고, 오연함이 배어 있는 그의 자신감이나 근접하기 어려운 분위기 등은 그가 타고난 지배자라는 것을 알 수 있었다.

따로 교육을 받지 않더라도 그냥 알 수 있는 존재가 바로 아신인 것이다.

고양이의 모습을 하고 있었다면 또 모를까, 인간형일 때의 아신은 그 정도로 강렬한 인상을 풍겼다.

"그나저나 이유라……."

아신이 바위로 돌아가 앉으며 나직하게 중얼거렸다. 그런 그의 눈동자가 리안을 지나 허공의 어느 한 점을 좇았다.

'응?'

그런데 착각이었을까. 아주 잠시였지만 그 눈 속에서 리안은 씁쓸함을 엿본 것 같았다. 어울리지 않는 그 모습에 리안이 고개를 갸웃할 때 아신이 결론짓듯 말했다.

"일단은 네가 인간이어서라고 해 두지."

"인간이어서……라고요?"

리안이 쫓긴 것은 다른 무엇도 아닌 바로 인간이었기 때문이다. 그의 말은 앞뒤가 맞지 않았다.

"저는 허락 없이 이곳에 들어온 침입자입니다. 상식적으로 묘인족인 당신이, 인간인 제 편을 들 이유가 전혀 없다고 봅니다만."

"편이라니? 난 편을 든 적은 없는데?"

그거야말로 금시초문이라는 듯 아신의 동공이 크게 벌어졌다.

"그리고 처지는 내 쪽도 비슷해. 조용히 왔다가 사라질 생각이었거든."

"남들 눈을 피해서 말입니까?"

류지의 아버지와 은밀한 거래를 나누기 위해서?

그렇게 묻고 싶은 것을 리안은 겨우 참았다. 그러나 목소리가 삐딱하게 나가는 것만은 스스로도 어쩌지 못했다.

그것이 심기에 거슬렸는지 아신이 차가운 눈빛으로 리안을 쏘아봤다. 또렷이 빛나는 그의 은백색 눈동자가 자신에게로 향하자 리안은 마치 보이지 않는 그물을 덮어쓴 듯한 느낌이었다.

아신이 천천히 입을 열었다.

"맞아, 여기에 온 게 알려지면 골치 아파질 수도 있거든. 그러니 너도 여기서 날 본 건 비밀로 해. 그럼 공평할 것 같군."

"공평이라니요?"

"난 널 도와주고, 대신 넌 입을 다물고. 이만하면 공정한 거래 아닌가?"

"잊고 계신가 본데, 인간인 제겐 소문을 낼 만한 대상 자체가 아예 없습니다."

"그렇지 않을 텐데?"

뭔가를 알고 있는 듯한 아신의 말투에 리안은 뒤늦게 함께 온 라문을 떠올렸다. 아신을 만났다는 사실에 놀라, 라문은 물론 류지를 구출해야 한다는 것마저 잊고 있었다.

"아무리 능력이 범상치 않다 해도 인간이 홀로 이곳까지 들어온다는 건 무리가 따르지. 그렇다는 건 협력자가 있다는 뜻인데, 공교롭게도 조금 전 내 장난꾸러기 사촌이 도착했단 말이야."

역시나 라문이 거론되었다. 이름을 직접 말하진 않았지만 사촌이라면 다른 이가 될 수 없었다.

"게다가 내가 알기로 내 사촌이 이 나라에서 가장 싫어하는 자 중 하나가 바로 여기 주인이거든. 그런 곳으로 이런 한밤중에 왜 찾아왔을까?"

"……."

"더 얘기해야 하나?"

아신의 긴 설명은 친절을 가장한 명령이나 마찬가지였다. 다 알고 있으니 순순히 따르는 게 좋을 거라는 명령.

그것이 불쾌했지만 리안으로서는 달리 방도가 없었다.

"사촌에게까지 숨겨야 하는 저의가 궁금하지만 도움을 받았으니 그러도록 하지요. 이후로도 제 쪽에서 먼저 발설하는 경우는 없을 겁니다."

리안은 딱딱한 목소리로 응수했다. 아신의 얼굴에 이채가 떠올랐다.

상대가 인간임에도 불구하고 이상하게 믿음이 가는 답변이었다. 오늘 처음 보는, 심지어 자신에게 적대감을 품은 인간에게 어째서 이런 믿음이 생기는지 알 수 없었다.

그를 살린 것은 단순한 충동 때문이었다. 묘인족에게 쫓겨 오도 가도 못하는 그 상황이 한순간 그에게 누군가를 불러일으켰다.

전혀 다르지만 묘하게 비슷한 분위기.

평소라면 절대 하지 않았을 행위는 그런 연유에서 비롯된 것이었다.

"이제껏 살면서 약속을 어긴 적은 없습니다."

다시 한 번 강조할 겸 리안이 덧붙였다.

"……믿어 보지."

속마음과 달리 대수롭지 않다는 듯 대꾸하며 아신이 고개를 살짝 까딱였다.

이로써 거래는 성립되었다. 아사의 형에게 도움을 받은 것이 찝찝하긴 하나, 그가 아니었다면 이 자리에 있지도 못했을 것이다.

나중 일은 그때 가서 생각하고 지금은 류지를 구출하는 것이 급선무였다.

"저는 시간이 별로 없습니다. 이곳에서 나가는 법을 알려 주십시오."

"아직은 이르니까 기다려."

"충분히 기다렸습니다. 묘인족이 더 몰려오기 전에 가야 합니다."

"그 침묵의 방에 말인가?"

"……!"

"그렇게 놀랄 것 없어. 아까 자브가 말할 때 네 몸이 떨리는 걸 느꼈거든. 아, 자브는 저 벽 너머에서 명령을 내리던 자야. 이 저택을 지키는 총대장이지."

아신이 잠시 말을 멈춘 채 리안을 응시했다.

"류지에게 무슨 볼일이라도 있나?"

"그 질문에 대답해야 할 의무가 제게 있습니까?"

"의무는 없어도 은인에 대한 예우 차원이라는 것이 있지."

"그에 관련해서는 비밀을 지키는 것으로 이미 합의가 끝난 줄 아는데요."

"그럼 호기심이라고 해 두지."

"남의 호기심에 일일이 답해 줄 만큼 한가하지도 않지만, 별로 친절한 성격도 못 됩니다."

냉정한 음성으로 딱딱 끊어 말하는 리안의 태도는 평소와는 완전 딴판이었다. 리안을 아는 이들이 보았다면 다른 사람이라고 착각할 만큼 매정해 보였다.

아신은 몰랐지만, 아사를 힘겹게 한 그와 한 자리에서 대화를 나누고 있다는 것 자체가 리안으로서는 피곤하고 달갑지 않은 일이었다.

"그래? 생긴 것과 많이 다르군."

무례함에 화를 내야 정상인 상황에서 아신은 기이하게 흥미가 돋았다. 자신의 신분을 알면서도 이런다는 것은 필시 어떤 연유가 있을 터. 아신은 그게 궁금했다.

"사람은 생김새로 판단하는 것이 아니란 말이 저희 인간 세상에 있습니다."

"그 비슷한 말이 우리에게도 있지. 하지만 꼭 그렇지만도 않더라고. 그쪽에는 없나? 생긴 대로 노는 더럽고 추한 자들 말이야. 여긴 꽤 많은데."

"……."

"아! 이것 또한 대답할 의무가 있느냐고 물을 거라면 없으니까 관둬. 딱히 알고 싶진 않거든. 여기서 나가는 건 마침 돌아들 오고 있으니 도착하면 물어보지."

아신이 벽 건너를 턱으로 가리키며 바위에서 일어섰다. 무슨 뜻인지 몰라 리안이 인상을 쓰는 찰나였다. 아신이 한 손으로 벽을 짚더니 알아들을 수 없는 말을 내뱉었다.

"**베토!**"

놀라운 것은 그다음이었다. 별안간 아무것도 없던 벽에 사람이 드나들 수 있는 문이 생긴 것이다.

마법이 아니었다. 마법은 오직 룬어만이 실현을 가능케 한다.

그러나 아신의 입에서 흘러나온 것은 리안이 처음 듣는 언어였고, 결정적으로 마나의 움직임이 전혀 느껴지지 않았다.

'뭐지?'

세이프리드의 지식을 전수받은 리안으로서도 알 수 없는 현상이었다.

'묘인족들만이 펼칠 수 있는 또 다른 마법 같은 것인가?'

바로 그런 의문이 들었지만 아사와 함께 지내는 동안은 한 번도 보지 못했다. 상식적으로 일어날 수 없는 일이 눈앞에 펼쳐지자 리안은 오싹 소름이 끼쳤다.

"놀랐나?"

아신이 빙그르르 리안을 향해 돌아섰다.

"마법입니까?"

"글쎄."

아신의 고개가 한쪽으로 기울었다. 황금색 터번 아래로 칠흑처럼 까만 그의 흑발 머리가 폭포수처럼 떨어졌다.

"너희 세상에 비유하자면 마법이라고 보는 것도 맞겠지. 하지만 너희들이 마법이라는 걸 누군가로부터 배우고 익혀야지만 사용이 가능하다면, 방금 전 내가 사용한 그 힘은 나면서부터 갖게 되는 '권능'이다."

"권능?"

"그래, 묘인족 누구나가 아니라 오로지 선택받은 자만이 펼칠 수 있는 마력이지."

그의 오만함의 근원이 이것이었나. 태어나면서부터 저절로 갖게 되는 마법 같은 힘이라니. 새롭게 알게 된 사실에 놀라움이 드는 한편 리안은 분노가 일었다.

도대체 이런 힘을 갖고 있으면서도 무엇이 부족해서 아사를 괴롭힌단 말인가?

녀석에게는 아신과 같은 능력도 없었다. 녀석은 아무런 힘도 지니지 못한, 그저 세상에서 형을 제일 좋아했던 순진한 동생일 뿐이었다.

그런 녀석에게 꼭 그래야만 했습니까?

"갑자기 무슨 일이지?"

리안의 몸에서 다시금 마나가 요동치자 아신이 미간을 찌푸렸다.

"우리 묘인족은 기감이 매우 뛰어난 종족이라고 얘기했을 텐데."

재차 경고를 했음에도 불구하고 리안이 힘을 거두지 않자 아신의 얼굴이 싸늘하게 굳었다.

"난 말이지. 내가 행한 일은 그게 무엇이든 실패로 끝나는 걸 용납하지 않아. 널 살린 게 아무리 충동적이었다 해도 내가 행한 이상, 넌 여기에서 반드시 살아 나가야 한다는 소리다. 그러니……."

아신이 한 걸음 앞으로 걸어 나왔다.

"날 원망하지 말도록."

그의 손이 리안을 향해 뻗었다.

"**마프카렌!**"

빛을 품은 무형의 기운이 리안에게로 날아갔다. 아신은 그것이 리안의 몸에 적중될 거라고 믿어 의심치 않았다.

하지만 그것은 그의 바람일 뿐, 찰나를 사이로 리안의 몸이 그곳에서 흔적도 없이 사라졌다.

잠시 후, 리안이 다시 나타난 곳은 아신과 좀 더 멀리 떨어진 벽 부근이었다.

푸시시.

아신이 쏘아낸 기운은 리안 대신 바위와 충돌하며 그 즉시 소멸했다. 바위에 금이 간 것으로 보아 이전과 달리 물리적 힘이 담겨 있는 듯했다.

"마법이군."

인간의 마법을 실제로 보는 것은 처음이었다. 아신이 신기한 눈빛으로 바라보자 리안이 차갑게 대꾸했다.

"두 번 당할 만큼 바보는 아니라서요."

"그거 다행이군."

헛손질을 했음에도 아신의 반응은 의외였다. 그가 그러면 되었다는 듯 고개를 끄덕이며 리안에게서 시선을 거뒀다.

웬 사내가 벽에 생긴 문을 통해 들어온 것은 그때였다.

"죄송합니다."

아신을 보자마자 그가 허리를 굽이며 사죄했다.

'저자는?'

검은색 제복을 갖춰 입고 절도 있게 서 있는 사내. 그를 본 리안의 눈이 동그랗게 떠졌다.

이름이 유린이라고 했던가. 그는 리안이 통로를 지나올 때 제일 먼저 냄새를 맡고 의문을 제기했던 바로 그자였다.

아신의 서슬 퍼런 목소리가 그에게로 쏟아졌다.

"한낱 인간 하나를 막지 못해 신분을 노출시키다니. 유린, 그러고도 네가 나의 친위대라고 할 수 있겠나?"

"어떤 벌이든 달게 받겠습니다. 처분을 내려 주십시오."

아신을 수호하는 친위대.

어쩐지 옷차림이나 능력 면에서 뭔가 특별하다고 생각했었다. 마법에 대한 지식이 없어 방비가 부족해서 그렇지, 리안이 보기에 그들의 실력은 최상급이었다.

본의 아니게 유린에게 피해를 준 것 같아 리안은 쓴웃음을 지었다.

아신의 판결이 이어졌다.

"비록 아무 일이 없었다고는 하나, 오늘 너의 실수는 절대로 간과할 수 없다. 하나 특별한 경우인 것도 사실이니, 참작하여 태형 스무 대로 끝내지. 단, 앞으로 이러한 일이 재차 터진다면 그땐 너뿐 아니라 네 가족까지 목숨을 내놓아야 할 것이다. 알겠나, 유린?"

"명심하겠습니다."

가벼운 처사에 몸 둘 바를 모르겠다는 듯 유린이 깊게 부복하며 대답했다.

리안으로서는 이해가 안 가는 처사였다. 아무리 아신의 신분이 중요하다고는 하나 결과적으로 아무 일도 일어나지 않았다. 그런 상황에 태형을 스무 대나 내리다니?

과한 처결인 것은 말할 것도 없거니와 가족의 생명까지 담보로 잡는 것은 어이가 없었다.

하지만 지금은 리안이 나설 수 있는 입장도 아니었고, 그럴 이유 또한 없었다.

리안이 원하는 것은 단 하나. 당장 이 자리에서 나가는 것이었다.

"이젠 그만 가도 되겠습니까?"

리안의 질문은 두 묘인족의 시선을 한곳으로 쏠리게 하기에 충분했다. 침입자 주제에 당당한 리안의 태도가 이상했는지 유린의 미간에 잔주름이 잡히는 것이 보였다.

아신이 그런 유린에게 물었다.

"밖의 사정은?"

"아래층에서 병사 몇 명과 마주치긴 했지만 그쪽에서 알아서 한다고 하였으니 걱정하실 필요 없습니다. 예정대로 조금 후면 동쪽 통로가 열릴 것입니다."

"동쪽이라면 침묵의 방과 가깝겠군."

"네, 그렇습니다."

"좋아, 그럼 가는 길에 그곳을 거쳐 간다. 돌아가야 하니 지금 바로 출발하지."

잠자코 둘의 대화를 듣고 있던 리안은 끼어들지 않을 수 없었다.

“죄송하지만 저 때문이라면 그러실 필요 없습니다. 더 이상의 도움은 제가 곤란합니다. 이제부턴 저 혼자서 가도록 하겠습니다.”

“이미 말했을 텐데? 내가 개입하게 된 이상 넌 여기서 꼭 살아 나가야 한다고.”

“이곳에서 죽는 일 따위는 없을 겁니다. 그러니 괜한 걱정 마시지요.”

아사를 구해낼 때까지 리안은 절대 죽을 수 없는 몸이었다. 뒷날 자신의 정체를 알게 되면 그가 어떤 표정을 지을까?

적이나 다름없는 상대에게서 목숨을 염려 받고 있는 지금의 상황이 리안은 우스웠다.

“걱정을 말라? 하하, 이거 오해를 해도 아주 단단히 했군.”

아신이 처음으로 소리 내어 웃었다. 낮은 중저음의 웃음소리가 생각보다 듣기 좋아서 리안은 깜짝 놀랐다.

“이봐, 인간. 잘 들어. 내가 지금 너를 돕는 건, 널 걱정해서가 아니라 내가 한 일에 책임을 지려는 거야. 모든 일에는 항상 책임이 따르는 법이거든. 내가 관계된 일이라면 특히나 그렇지.”

“하지만…….”

“쉿, 마저 들어. 참고로 여기서 책임이라는 건, 네가 침묵의 방에 도달하는 순간까지를 말해. 내가 살린 건 그곳으로 향하는 너였으니까. 기억하지?"

냉랭한 시선으로 리안을 내려다보다가 아신이 다시 말을 이었다.

"그 이후론 네가 어떻게 되든 내 알 바 아니야. 무사히 살아서 이곳을 나가게 될지, 아니면 여기 주인에게 잡혀 죽게 될지 그건 너의 사정이니까. 이제 좀 이해가 되었나?"

아니, 전혀 되지 않았다. 샤하의 후계자이니 어느 정도 제멋대로일 거라고 추측은 했지만, 이건 도가 조금 지나치다.

말로는 책임 어쩌고 운운하고 있으나 이게 억지가 아니고 무엇인가?

상대하는 것만으로도 심기가 불편한 와중에, 이제 억지 놀음에 장단까지 맞추게 생겼으니 기가 막힐 뿐이다.

보아하니 거부를 해도 들을 리 만무. 얌전히 그의 말에 따르는 것만이 이곳에서 빨리 벗어날 수 있는 지름길임을 리안은 다시 한 번 깨달았다.

"유린."

시선을 리안에게 고정한 채 아신이 명했다.

"길을 터라."

유린이 즉시 밖으로 나갔다. 벽 너머에는 이미 친위대가 돌아와 있는 상태였다. 유린이 그들에게 무어라 지시하는 소리가 들려왔다.

"하나만 묻지."

문을 나서기 전 아신이 갑자기 리안을 향해 돌아섰다.

"이름이 뭐지?"

"……!"

"설마 또 의무 타령이라도 할 텐가?"

뜻밖의 질문에 리안이 타이밍을 놓치고 머뭇거리자 아신이 놀리듯 물었다.

바로 코앞에서 본 그의 은백색 눈동자는 묘하게도 그 순간 리안에게 아사를 생각나게 했다.

사랑스러우면서도 언제나 장난기가 많던 녀석의 커다란 눈망울이 떠오르자, 마치 지금의 아신도 녀석처럼 웃고 있는 것 같았다.

그래서일까. 평소와 같은 음성이 리안의 입에서 흘러나왔다.

"리안입니다."

"리안."

아신이 음미하듯 그 이름을 조용히 따라 중얼거렸다. 문득 그 모습을 보고 있으니 리안은 그런 생각이 들었다.

어쩌면 그에게도 조금은 괜찮은 구석이 있을지도 모를 거라는…….

형을 누구보다 의지했던 그 녀석을 위해서라도 꼭 그랬으면 좋겠다고, 리안은 그의 뒤를 따르며 소원했다.

제3화

류지 합류

침묵의 방이라 불리는 곳은 리안이 예상했던 것보다 훨씬 먼 곳에 위치했다. 류지를 찾기 위해 헤맸던 시간만큼은 아니지만 꽤 오래 걸은 후에야 도착할 수 있었다.

놀라운 것은, 리안이 그곳까지 가는 내내 저택의 병사를 단 한 명도 만나지 못했다는 사실이다. 사전에 미리 짜기라도 한 듯 아신과 그의 일행이 향하는 곳마다 빈 공간이 그들을 기다렸다.

물론 침묵의 방까지 그러한 상태인 것은 아니었다. 그곳엔 무기를 든 네 명의 묘인족 병사가 커다란 철문 앞을 굳건히 지키고 있었다(약속대로 아신은 리안을 침묵의 방까지만 안내했다).

리안은 조용히 마나 장악력을 발동했다.

'류지!'

희미하지만 익숙한 기운이 근처에서 바로 느껴졌다. 반가움에 몸이 절로 들썩거린다.

거칠지만 때론 부드러움을 담고 있던 이 기운. 아사를 제 몸처럼 아끼고 챙기던 류지의 기운이 확실했다

리안은 숨을 죽이고 조심스레 병사들을 살폈다.

상대는 넷, 다들 건장한 체격에 무기까지 지니고 있었지만 특별히 강해 보이지는 않았다. 혼자서도 충분히 제압이 가능했다.

'좋아, 시작해 볼까?'

향낭의 냄새가 완전히 사라지기 전에 일을 마쳐야 했다.

'아이설레이션!'

제일 먼저, 소리가 새어 나가는 것을 방지하기 위해 음파 차단 마법을 시전했다.

"응?"

"뭐지?"

역시 마나의 진동에 민감한 묘인족답게 그들은 바로 이상함을 감지했다. 넷이 제각기 사방을 훑으며 철문을 벗어나는 것이 보였다.

리안은 여전히 몸을 숨긴 채, 그중 자신을 향해 다가오는 병사 한 명에게 포박 마법을 걸었다.

육체적 능력이 뛰어난 묘인족에겐 잘 통하지 않는 마법이긴 하나, 지금과 같은 무방비 상태일 땐 잠시뿐이지만 효력을 발휘할 수 있었다.

그리고 그 잠시가 리안에겐 큰 도움이 될 터였다.

'포박!'

"어엇!"

갑자기 가해진 충격에 놀랐는지 병사가 신음을 터뜨리며 무기를 떨어뜨렸다.

"뭐야? 왜 그래?"

다른 병사들이 인상을 찡그리며 일제히 그를 돌아봤다.

"모, 몰라. 갑자기 몸이 안 움직여!"

"주크, 내가 재미없는 장난치지 말랬지. 넌 지금 때가 어느 땐데 장난질이냐?"

병사 하나가 투덜거리자 주크란 자가 얼굴이 벌게져서는 소리쳤다.

"진짜로 안 움직여! 온몸이 쇠줄에 묶인 거 같단 말이야! 넌 이게 장난 같으냐? 으앗!"

버둥거리다 힘이 과했는지 그가 휘청하며 바닥으로 엎어졌다. 얼굴부터 바닥에 닿은 것으로 보아 꽤 아플 것 같았다.

"……진짜냐?"

놀란 병사들이 그제야 그에게로 달려왔다. 리안은 모두가 모였을 때 시동어를 외쳤다.

"월 오브 어스!"

그그그극.

땅이 굉음을 토하며 흔들렸다. 별안간의 사태에 묘인족 병사들은 서로를 마주 보며 어리둥절해했고, 그 순간 찬란한 빛과 함께 지면이 솟구쳤다.

좌아악!

리안이 생성한 것은 바닥과 천장을 잇는 높은 흙벽이었다. 그것은 정확히 묘인족 병사들을 빙 둘러싼 형태로 견고하게 솟아올랐다. 마치 흙으로 빚어진 감옥 같았다.

"뭐, 뭐야? 이거!"

"어떤 놈이 수작을 부리는 거야!"

당황한 병사들의 외침이 안으로부터 들려왔다. 쿵쾅거리며 흙벽을 부수려는 시도가 이어졌지만, 이미 리안은 강화 마법까지 걸어 둔 상태였다. 아무리 완력이 좋은 그들이라도 당분간은 꼼짝 못하리라.

다른 병사들이 몰려오기 전에 리안은 급히 철문으로 향했다.

"해제!"

혼자서 들기에도 벅찰 만큼 크고 두꺼운 자물쇠가 달려 있었지만 리안에겐 별다른 장애가 될 수 없었다. 해제 마법으로 가볍게 자물쇠를 푼 뒤 리안은 거대한 철문을 열어젖혔다.

평소 기름칠을 열심히 해 놓은 듯 철문은 소리 없이 쉽게 열렸다. 리안은 반색하며 안으로 뛰어 들어갔다.

그러나 얼마 지나지도 않아 또 다른 문을 보고 멈칫했다. 지나온 문과는 달랐지만 비슷한 모양의 자물쇠가 달린 새로운 문이 리안을 맞은 것이다.

류지를 만날 수 있을 거란 기대감이 컸던 탓인지 리안은 내심 실망감이 들었다.

'이렇게 쉬울 리가 없지.'

그러나 곧 마음을 고쳐먹고 다시금 해제 마법을 실행했다. 그리고 이번에는 류지 대신 또 다른 문을 상상했다.

"역시."

예감이 적중했다. 철문 너머엔 위층으로 향하는 계단이 있었다. 그곳을 올라가자 마찬가지로 자물쇠가 달린 문이 또다시 나타났다.

'내가 마법사인 게 천만다행이로군.'

해제 마법이 아니었더라면 어디 있는지도 모를 열쇠들을 찾아 지금쯤 온 사방을 뒤지고 있을 뻔했다. 스스로가 마법사라는 사실에 다시금 감사하며 리안은 앞으로 나아갔다.

"후우, 마지막인가?"

마나 장악력에 느껴지는 류지의 기운이 바로 지척까지 왔다. 리안은 심호흡을 하며 여섯 번째 문을 열었다.

끼이익.

나무문이 삐걱거리며 옆으로 밀려났다. 그리고 드러난 공간은 이제까지와는 달리 제법 화려하면서도 널찍했다. 흡사 아무도 살지 않는 빈집처럼 공기가 싸늘했지만, 리안은 이곳에 류지가 있음을 확신했다.

"류지?"

그의 이름을 부르며 리안이 안으로 들어갔다. 화답이라도 하듯 곧바로 어디선가 부스럭대는 소리가 들렸다.

"류지, 거기 있어요?"

리안은 힘주어 류지를 다시 불렀다. 그러자 소리가 아주 조금 빨라졌다.

리안은 걸음을 멈추고 상대가 보이길 기다렸다. 소리는 구석에 세워진 기둥 뒤에서 나고 있었다.

턱. 턱. 턱.

답답할 정도로 매우 느린 걸음이었다. 몸이 불편한 노인이나 아픈 환자가 그리 걸을 것이다.

잘못 찾아온 것일까?

불안한 생각이 불쑥 뇌리를 스쳤다.

"……!"

그러나 그건 아주 잠시였다. 다음 순간 거짓말처럼 눈앞에 나타난 류지를 보고 리안은 한순간 말을 잃었다.

류지였다. 산발한 머리하며 푸석해진 피부, 마른 몸 등 이전보다 많이 야위었지만 날카로운 눈빛만큼은 여전했다.

그가 몹시도 놀란 얼굴로 더듬더듬 입을 열었다.

“리, 리안 님?”

“네, 류지. 접니다. 잘 있었어요?”

잘 지내지 못했음이 분명하지만 리안은 그렇게 물을 수밖에 없었다.

“여, 여긴 어떻게……?”

조금 전 류지는 자신이 조급한 나머지 환청이라도 듣는 줄 알았다. 하지만 일어나 보니 환청이 아니었다. 바로 코앞에 리안이 있다.

환청이 아니라면 환영일까?

무의식중에 그가 리안을 향해 손을 뻗었다. 둘 사이의 거리가 있으니 만져질 리 만무. 리안은 웃으며 그에게로 걸어갔다.

“저 맞아요. 데리러 왔습니다.”

거칠어진 류지의 두 손을 리안이 꼭 그러쥐었다. 특별한 외상이 없음에도 이토록 쇠약해진 것을 보면 짐작이 갔다.

아사를 지키지 못했다는 것에 죄책감을 느끼며 먹는 것조차 거부했겠지. 류지라면 그러고도 남았다.

“함께 아사를 구하러 가자고 말하려고 왔는데 몸이 이래서 되겠어요? 잠깐 여기 앉아 보세요.”

상태가 이래서는 오히려 짐만 될 뿐이었다. 리안은 류지를 근처 의자로 이끌었다.

“아사 님은 아직 살아 계신 겁니까?”

아사의 이름이 나오자 정신이 번쩍 드는지 류지가 리안의 팔을 붙들며 물었다.

“일단 앉으세요. 제가 다 설명해 드리겠습니다.”

“그냥 말씀해 주십시오. 지금 아사 님은 어디에 계십니까? 무사하신가요?”

“휴우, 녀석이 어디에 있는지는 저도 아직 모릅니다. 아신 쪽에서 열심히 찾고 있는 것으로 보아, 모처에 숨어 있다고 추측할 뿐이에요.”

“추측이라니요? 차고 계신 그 귀걸이만 있으면 언제라도 연락이 가능한 것 아니었습니까?”

갇혀 있는 내내 류지가 했던 생각이었다. 헤이어달의 의지만 있으면 아사 님의 상태를 알 수 있을 텐데, 라고.

그가 리안의 귀걸이를 바라보며 이해할 수 없다는 표정을 지었다.

리안은 머뭇거리다가 이내 사실대로 고백했다.

“그게 문제가 좀 생겼습니다.”

“문제라니요? 무슨 문제입니까!”

“아사가 제게 마지막 연락을 했을 당시…… 녀석은 부상 중이었습니다.”

“많이 다치셨습니까?”

“…….”

“어느 정도 심각한 겁니까? 아, 아니, 잠깐! 마지막 연락이라고요? 그, 그게 언제입니까?”

류지의 노란색 눈동자가 좌우로 크게 흔들렸다. 이토록 불안해하는 류지의 모습은 처음이었다. 이 모든 게 자신의 탓이 아님에도 리안은 어째서인지 미안한 마음이 들었다.

"……제가 성에 머무르고 있을 때이니 이십 일이 조금 안되었습니다."

"크흡!"

신음이 터져 나오는 것을 억지로 틀어막으며 류지가 휘청거렸다. 리안은 재빨리 그를 부축해 근처 자리에 앉혔다.

"모두 저 때문입니다. 이게 다 제가 부족해서 벌어진 일이에요. 더 일찍 눈치를 챘어야 하는 건데……."

류지가 자책하며 두 손에 얼굴을 파묻었다. 그의 어깨가 삭풍에 흔들리는 가지처럼 세차게 후들거렸다.

리안은 조용히 옆에 앉아 그런 그의 등을 토닥였다.

"자신을 책망하지 마세요. 류지를 탓하는 사람은 아무도 없습니다."

"제가 여기 갇혀 있는 걸 보고도 그런 말씀이 나오십니까?"

"류지 잘못이 아니잖아요."

"……알고 계셨습니까?"

흘러내리는 눈물을 닦으며 류지가 리안을 향해 고개를 들었다. 리안은 말없이 머리를 주억였다.

류지의 슬픔은 비단 아사 때문만이 아닐 것이다. 아마도 그를 가장 괴롭게 하는 것은 이 모든 일에 아버지가 연루되었다는 사실이리라.

리안은 류지의 죄책감을 조금이나마 덜어 주고자 어째서 헤이어달의 의지가 통하지 않는지에 대해 설명해 주었다.

"그러니 너무 걱정하지 마세요. 분명 녀석은 제가 시키는 대로 했을 겁니다. 우리를 기다리고 있을 거예요."

반드시 그래야만 했다. 리안은 모든 희망을 그것에 걸고 여기까지 찾아온 것이었다.

"……아버지가 아사 님을 탐탁지 않게 여기신다는 건 알고 있었습니다. 저희 아버지뿐 아니라 원로원의 대다수가 그리 생각하고 있지요."

"저도 대충은 들었습니다."

"아신 님은 어려서부터 총명하신 분이었습니다. 그래서 언제나 주변의 사랑을 독차지하셨지요. 한때는 저도 그런 아신 님을 대단하다 생각하며 동경한 적이 있습니다."

아사에 대한 추억을 떠올리는 듯 류지의 말이 길어졌다.

"하지만 수호묘의 자격을 받던 어느 날, 제 눈에 비친 건 그런 아신 님이 아니라 동생인 아사 님이었습니다. 샤하의 아드님으로 태어났지만 어디서도 환영받지 못하는 그분의 존재가 어째서인지 절 자꾸 흔들었습니다. 남들 앞에서 항상 재잘거리며 웃으시는 그분의 모습 또한 제겐 왠지 슬퍼 보였지요."

리안 또한 아사의 뒷모습에서 느꼈던 감정이었다.

"그때 결심했습니다. 그분을 지켜 드리겠노라고. 당연히 아버지의 거센 반대가 있었지만 전 의지를 굽히지 않았습니다. 결국 제가 아신 님의 친위대에 들어가길 거부하고 아사 님을 택했을 때, 저 같은 건 아들도 아니라며 아버지께서 절 내쫓으셨지요. 그때 이후론 이곳에 다시 발을 들일 줄 몰랐는데 어쩌다 보니 이렇게 되었네요."

억울함과 분함에 류지가 옷깃을 움켜쥐며 부르르 몸을 떨었다.

"류지……."

리안이 위로하려 들었지만 그가 고개를 거칠게 내저으며 일어섰다.

"더 이상 저도 참지 않겠습니다. 그동안은 손속에 사정을 두었지만 이제부터는 그러지 않을 겁니다. 설사 상대가 제 아버지라 할지라도 말입니다."

아무것도 모른 채 두 번을 바보처럼 당했다. 이번엔 이쪽에서 되갚아 줄 차례였다.

"여기서 나가야겠습니다."

류지가 창백한 얼굴로 입구를 가리키며 말했다. 리안도 그 뜻에는 동의하는 바이지만 모든 일에는 순서가 있다. 류지를 붙들고 리안은 먼저 회복 마법부터 걸었다.

"리커버리!"

찬연한 빛이 류지의 몸을 감싸며 주변을 환하게 밝혔다. 야위어진 몸은 마법으로도 어쩔 수 없었지만, 머릿결과 피부는 곧 건강한 사람의 그것처럼 돌아왔다.

"고맙습니다."

무뚝뚝한 음성으로 감사함을 말하는 류지는 어느새 본연의 모습으로 돌아가 있었다. 그래, 이래야 류지답지.

"별말씀을."

오랜만에 정말로 미소다운 미소가 입가에 지어졌다. 이제는 혼자가 아니라는 생각이 들자 한결 마음도 편안해졌다.

'아사, 조금만 기다려.'

리안은 류지를 따라 빠른 걸음을 내디뎠다.

"누군가 오고 있습니다!"

그러다 문 하나를 지났을 즈음, 류지가 전진을 멈추며 조용히 하라는 신호를 보냈다. 리안은 숨을 멈추고 재빨리 마나 탐지 마법을 실행했다.

"아홉?"

"네, 그중 한 명은 제법 강합니다."

어차피 퇴로는 없었다. 리안이 지나온 곳만이 침묵의 방을 벗어나는 길이었다.

둘은 말없이 눈빛을 주고받았다. 류지가 왼쪽, 리안이 오른쪽을 맡기로 했다. 상황이 상황인 만큼 이번만은 물리적 공격을 피할 수 없을 듯했다.

'어쩔 수 없지.'

리안이 그렇게 마음을 먹은 순간, 묘인족 병사 아홉이 마침

내 신형을 드러냈다.

"류, 류지 님!"

급박하게 뛰어오던 병사들은 풀려난 류지를 보고 겁을 먹은 듯 한동안 자리에서 주춤거렸다. 그러나 이내 자신들끼리 시선을 교환하고는 동시에 류지를 향해 덤벼들었다.

그들에게 리안은 안중에도 없었다. 아홉 중 여덟이나 되는 숫자가 류지를 빙 둘러쌌다.

이상한 것은 남은 한 놈이었다.

인간으로 치자면 삼십 대쯤 되었을까?

정황상 그는 리안의 상대가 되어야 할 텐데, 덤비기는커녕 거리를 벌린 채 류지의 싸움을 주시했다. 덕분에 리안도 혼자 우두커니 서서 류지의 분투를 구경할 수밖에 없었다.

사실 분투라고 말하기에도 민망했다. 류지가 한 번씩 발차기를 할 때마다 두세 명씩 픽픽 쓰러져 나가는 모습들이 가히 안쓰러울 지경이었다.

류지는 단 세 번 만에 모든 상황을 종료시켰다.

"역시 도련님이십니다."

홀로 있던 묘인족 사내가 기다렸다는 듯 그런 류지를 치켜세우며 가까이 다가왔다. 함께 온 이들이 신음을 토하며 나동그라졌지만 오히려 그는 기뻐하는 것 같았다.

"가헨!"

놀랍게도 그를 맞는 류지의 음색 또한 진한 반가움이 서려 있었다.

적이 아니었던가?

"건강해 보이셔서 다행입니다. 용서하십시오."

리안이 의아해하는 찰나, 가헨이란 자가 돌연 바닥에 엎드리며 류지에게 용서를 구했다.

"그럴 것 없어, 가헨. 일어나."

류지가 고개를 저으며 그를 일으켜 세웠다.

"날 빼내기 위해 노력했을 거라는 거 알아. 옛날처럼 또 매일 아버지를 찾아가 날 풀어 달라며 애원했겠지. 가헨이 제일 잘하던 거잖아."

"죄송합니다."

"가헨이 죄송하긴 왜 죄송해. 아버지가 언제 누구 말 듣는 거 봤어? 난 괜찮아. 보다시피 아주 멀쩡하다고. 너무 멀쩡해서 탈이라면 탈이지……."

말끝을 흐리는 류지의 낯빛은 핏기 없이 무척 창백했다.

그는 언제쯤 죄책감이란 굴레에서 벗어날 수 있을까?

답은 이미 나와 있다.

아사를 무사히 구출하는 것. 오직 그것만이 그가 예전으로 돌아갈 수 있는 유일한 방법이었다. 그러기 위해선 이러고 있을 시간이 없었다.

"류지."

리안의 나직한 음성에 류지가 돌아보며 말했다.

"잠시 들를 데가 있습니다."

중대한 결심이라도 한 듯 그의 표정이 심상치 않았다.

"가헨."

"네."

"안내해."

"지금 손님과 함께 계십니다."

"상관없어."

류지가 차갑게 뜬 눈으로 단호히 명령하자, 가헨이 어쩔 수 없다는 듯 고개를 숙이며 문을 나섰다. 그 뒤를 류지와 리안이 천천히 따라갔다.

목적지까지 가는 동안 저택을 지키는 병사들과 서너 번 마주쳤지만 가헨이 있어서인지 순순히 길을 터 주었다. 지금껏 고생한 것이 허무할 정도였다.

그렇게 얼마쯤 걸었을까. 갑자기 주변 풍경이 확 바뀌면서 이제까지 보지 못했던 화려한 색감의 문이 나타났다. 리안은 직감적으로 이곳이 저택의 주인이 머무는 곳임을 알 수 있었다.

"여기서 기다리고 계십시오. 제가 먼저……."

"아니, 가헨이 여기 있는 게 좋겠어. 내가 들어가지."

만류하는 가헨을 뚫고 류지가 조금의 주저함도 없이 문으로 다가갔다.

"도련님!"

서둘러 불러 보았지만 이미 늦었다. 서늘한 바람을 일으키며 벌컥 문이 열렸다.

"응?"

불청객의 방문으로 안 그래도 심기가 불편한 참이던 방의 주인은 갑자기 예고도 없이 문이 열리자 눈살을 찌푸리며 고개를 들었다.

보안 유지를 위해 방 자체에 특수한 방음 장치를 했기 때문에 안에 있는 이상, 밖의 상황에 대해선 전혀 모를 수밖에 없었다.

감히 허락도 없이 문을 열어? 따끔히 혼을 내줄 거라 다짐하던 류하 장로는 그 대상이 자신의 하나뿐인 아들임을 알고 더욱 격분했다.

"류지! 네가 어찌!"

그의 시선이 아들의 뒤로 옮겨 갔다. 그곳엔 죄스러워 차마 얼굴을 들지 못하는 가헨이 서 있었다.

"오해하지 마십시오. 가헨은 이 일과 아무 관련 없습니다."

"충성스런 가헨이 어련하겠어."

불쑥 끼어드는 음성은 류하 장로의 맞은편 측에서 새어 나왔다. 높은 등받이에 가려 보이지 않던 누군가가 바닥을 힘주어 차며 자리에서 일어났다.

"안녕, 류지."

"……라문 님?"

해맑게 웃으며 등장한 라문을 보고 류지는 자신도 모르게 미간을 찌푸렸다.

"응, 나야. 오랜만이지?"

"어떻게 여길……."

아버지와 함께 있는 손님이 라문이라는 사실에 류지는 진심으로 놀랐다. 귀찮고 성가시다며 늘 피하기만 하던 사이가 아니던가. 대체 그 사이에 무슨 일이……!

류지의 생각은 오래가지 않았다. 아니, 못했다는 게 맞다.

라문이 손을 들어 류지의 뒤를 향해 알은척했기 때문이다.

"어이, 이제 왔어?"

그의 눈길이 머문 곳은 가헨이 아니었다. 가헨의 뒤, 정확히는 문 옆에서 조용히 시립하고 있는 리안이었다. 자연스레 모두의 시선이 리안에게 쏠렸다.

"……인간?"

류하 장로의 얼굴이 기괴하게 일그러졌다. 어째서 인간 따위가 자신의 저택, 그것도 손님을 맞는 귀중한 공간인 이곳에 있는 것인지, 그가 설명을 바라는 눈빛으로 모두를 돌아봤다.

씨익 미소를 지으며 라문이 리안을 소개했다.

"제 시종입니다."

"뭐?"

어느 종족보다 청각이 우수한 묘인족으로 태어났지만 그 순간 류하 장로는 자신의 귀를 의심했다.

시종이라니? 이보다 더 어이없는 말은 들어 본 적이 없다. 잘못 들은 것이 확실했다.

그러나 라문의 대답은 달라지지 않았다.

"나이가 드시더니 청력이 약해지신 모양입니다. 제 시종이라구요, 류하 장로님."

"하지만 저자는 인간이지 않은가?"

"네, 인간이지요. 냄새부터가 확 다르지 않습니까?"

"지금 나와 농담 따먹기를 하자는 겐가? 어떻게 인간이 자네의 시종 노릇을 한단 말인가!"

"흐음, 그것참 이상하군요. 인간은 시종으로 쓰면 안 되는 것이었습니까?"

"자네 지금 그걸 말이라고 하나?"

"저는 언제나 옳은 말만 하자는 주의인데요."

"라문!"

류하 장로가 더 이상 참지 못하고 버럭 노성을 터뜨렸다. 험악한 기세가 쏟아졌지만 라문은 눈 하나 깜짝하지 않고 대꾸했다.

"시종을 들이는 건 제가 결정할 일이지, 장로님의 결재가 필요한 사항이 아닙니다. 만약 앞으로 그렇게 하고 싶으시다면 정식으로 원로원에 의결을 부치십시오. 찬반에 따라 가결이 될 테니까요. 참고로 저는 평소처럼 기권이 아니라 반대에 한 표 던지겠습니다. 안 그래도 바쁘신 분인데 이런 것까지 맡겨서 어디 되겠습니까? 아, 고맙다는 인사는 생략하셔도 됩니다.”

하아!

류하 장로의 입꼬리가 한쪽으로 들려졌다. 그의 오래된 버릇 중 하나로, 화가 머리끝까지 올랐을 때 나오는 현상이었다.

‘오늘 찾아온 속셈이 바로 이것이었군.’

류지가 나타나기 전까지는 전혀 모르고 있었으나 그는 눈치가 빠른 편이었다.

평소 자신만 보면 피하기 바쁘던 라문이 제 발로 찾아온 이유는 아마도 저 인간 때문이리라. 시종으로 눈속임을 하고 있지만 그에게서 뻗어 나오는 힘의 기류를 류하 장로는 이미 느끼고 있었다.

그의 매서운 눈빛이 리안에게로 쏘아졌다. 그리고 그때야 류지는 리안이 라문의 도움으로 이곳까지 왔음을 깨달았다.

‘하필이면.’

신세를 진 상대가 라문이라는 것이 못내 껄끄러웠다. 하지만 이미 벌어진 일인 데다, 지금은 일단 볼일을 마치고 이곳을 나가는 것이 순서였다.

류지가 쓰윽 몸을 움직여 아버지의 시야를 가렸다.

“무슨 짓이냐?”

“그건 제가 묻고 싶은 말입니다. 아버지야말로 대체 무슨 짓을 하신 겁니까?”

"고얀 놈, 그게 아비에게 할 말버릇이냐?"

"예의는 자식만 지키라고 있는 것이 아닙니다. 아버지께서 그리 나오시는데 자식 된 도리로서 똑같이 따라야지요."

"네놈이 기어이!"

"그때도 아버지셨습니까?"

갑작스러운 아들의 물음에 류하 장로의 눈매가 가늘어졌다. 그런 아비를 원망에 찬 시선으로 바라보며 류지가 말했다.

"2년 전 아사 님께서 부상을 당하고 도주하셨던 그날 말입니다. 전 그 일이 있기 전날 밤 명을 받고 카사마조로 떠났습니다. 무슨 일인지도 모른 채 그쪽에서 절 지명했다는 이유 하나만으로 제가 가야 했지요. 그런데 막상 가 보니 꼭 제가 아니어도 되는 일이었습니다. 그거…… 아버지시죠?"

의문형으로 끝났지만 류지는 이미 그 답을 알고 있는 얼굴이었다.

"그땐 몰랐습니다. 아사 님이 그렇게 되시고 나서도 몰랐어요. 아니, 어쩌면 아버지는 그 일과 무관하다고 생각하고 싶었는지도 모릅니다. 하지만 두 번 당하니 알겠더군요. 자식에게 몰래 약까지 먹이시다니 정말 대단하십니다!"

정신을 잃고 쓰러졌다가 깨어난 첫날, 옆에 아사가 없다는 사실에 류지가 받은 충격과 공포는 지금도 떠올리기 싫은 기억이었다.

"왜 그러셨냐고 묻지 않겠습니다. 이제 와 아무 소용도 없는 질문이니까요. 단지 전 이 말씀을 전해 드리러 왔습니다."

곧은 눈으로 잠시 아버지를 직시하던 류지가 이윽고 결심한 듯 내뱉었다.

"이제 아버지께 자식은 없습니다."

"도, 도련님!"

놀란 가헨이 말리려 들었지만 류지는 멈추지 않았다.

"그러니 더 이상 제 일에 상관하지 마십시오. 그냥 드리는 말씀이 아닙니다. 아버지로부터 받은 저의 모든 권한을 오늘부로 이 자리에 내려놓겠습니다."

"진정 그것이 무슨 뜻인지 알고 하는 말이냐?"

"물론입니다. 더 확실하게 말씀드릴까요? 그날이 언제가 될는지는 모르지만, 아버지께선 아마도 쓸쓸한 사혼기를 맞으셔야 할 겁니다. 제가 모르는 아버지의 자식이 없다면 말입니다."

묘인족에게 사혼기란 죽음을 맞기 직전에 행하는 아주 중요한 의식이자 절차였다. 자식으로서 그러한 것을 모른 척하겠다는 것은 결코 작금의 발언이 허언이 아니라는 뜻이었다.

"남들이 생각하듯 훌륭한 아버지는 아니셨지만 그래도 존경하는 점이 하나 있었습니다."

"……?"

"언제나 정당하시다는 거. 깐깐하고 고지식한 분이지만, 항시 모든 일에 정당성을 고려하여 일을 처리하시는 모습이 저로 하여금 아버지를 미워하지 못하도록 하였습니다. 그랬기에 장로가 되신 거라 여겼지요."

슬픔에 찬 눈빛으로 류지가 말을 이었다.

"아버지는 계속 그러셔야 했습니다. 끝까지 정당하게 절 막으셨다면, 제게 아비를 버리는 이런 수치스러운 짓 따위는 하지 않게 하실 수 있었어요. 이 모든 건 아버지께서 자초하신 일입니다!"

"다 너를 위해서였다! 널 살리기 위한 결정이었어! 그곳에 있으면 죽는다는 걸 왜 몰라!"

"아니요! 차라리 죽게 내버려 두셔야 했습니다! 그게 옳은 결정이셨어요!"

울부짖듯 외치는 아들을 보며 류하 장로가 머뭇거리다 답했다.

"……자식이 죽을 걸 알고도 가만히 있는 부모는 세상에 없다."

"이기적이란 생각은 안 하십니까? 아버지께서 품은 뜻이 있듯, 제게도 제가 가진 뜻이 있습니다. 아버지는 그런 제 뜻을 뭉개 버리신 겁니다. 아시겠어요?"

"네놈이 말하는 그 뜻이라는 게 고작 별 볼 일 없는 왕자의 뒤치다꺼리를 말하는 거라면 더 이상 듣고 싶지 않다! 당장 썩 물러가거라!"

"네, 안 그래도 막 가려던 참입니다. 마지막으로 한마디만 더 하고 갈 테니 싫으시더라도 참으십시오!"

류하 장로의 어깨가 처음으로 움찔거렸다. 그에 둘 사이에서 안절부절못하던 가헨이 후다닥 그에게로 뛰어갔다.

어느새 리안의 뒤에는 수십 명의 묘인족 병사들이 몰려와 있었다. 그들은 당장에라도 명이 떨어지면 리안을 향해 덤벼들 태세였다.

"미하 님도 저와 처지가 비슷하다 들었습니다. 아버지께서 알아서 잘 처리해 주시리라 믿습니다."

그것이 끝이었다. 간단한 인사조차 없이 류지는 냉정하게 돌아섰다.

"혼자 가면 어떡해! 같이 가!"

어어 하며 따라 일어선 라문이 리안의 팔을 붙들고 그런 류지의 뒤를 황급히 쫓았다.

류지의 사나운 기세 때문인지 묘인족 병사 누구도 그들의 앞을 막아서지 않았다.

가헨은 눈짓으로 병사들을 물리고 문을 닫았다. 류하 장로는 극도의 피로감을 느끼며 소파에 주저앉았다.

"도련님을 이대로 가도록 내버려 두실 겁니까?"

"재주 있으면 자네가 잡아 보든지."

오랜 시간 감금당했다고는 하나 류지는 묘인국 전체가 인정하는 최강의 전사였다. 조금 전 내뿜던 기세만 하더라도 그들로서는 감당하기 벅찼다.

"녀석은 분명 그리로 향할 것이네. 자네도 알겠지만 그곳엔 그가 있어."

"제가 가겠습니다."

"자네가 직접?"

"제겐 이곳보다 익숙한 곳입니다."

어려서부터 류지를 유달리 아끼던 가헨이었다. 그라면 믿고 맡길 수 있다. 류하 장로는 기꺼이 허락했다.

"몸조심하게."

"염려 마십시오. 도련님은 무사하실 겁니다."

가헨이 꾸벅 절한 후 즉시 저택을 나섰다. 류지의 체향을 쫓아 그의 신형이 빠르게 어둠을 가르며 나아갔다.

제4화

음모의 서막

"으아악, 테오도르 살려!"

한 아이가 괴성을 내지르며 실내를 어지럽게 뛰어다녔다. 그 뒤를 쫓는 건 중년의 여인이었는데, 그녀의 손에는 노란색 리본이 하나 들려 있었다.

"테오도르, 너 자꾸 도망가면 고모가 안 놀아 준다!"

"언제는 저랑 놀아 주셨어요?"

"어머, 재 좀 봐. 이게 놀아 주는 거 아니면 뭐니?"

기가 막힌다는 듯 여인이 움직임을 멈추고 따지듯 묻자, 본인이야말로 어이없다는 듯 테오도르가 헛웃음을 삼키며 반문했다.

"그 커다란 리본을 제 머리에 다시려는 게 놀아 주는 거라고요?"

"이게 어때서?"

"그거 여자애들이나 하는 거잖아요!"

"여자만 하는 거라고 누가 그래? 테오도르, 그게 바로 고정관념이라는 거야! 너 이거 하면 무지 예쁠걸?"

"그렇게 예쁘면 저 말고 고모님이 하시면 되잖아요. 왜 저한테 그러세요!"

죽어도 싫다는 듯 테오도르가 입술을 앙다물며 대차게 고개를 저었다. 질색하는 조카의 태도에 내심 포기할까 생각하던 여인, 캐러다인은 그 깜찍한 모습에 다시금 심장이 쿵쾅쿵쾅 뛰었다.

"남자애가 저런 긴 속눈썹을 갖고 태어나다니……. 크흑, 내 조카지만 너무 귀엽다!"

"헉!"

급기야 고모의 입에서 귀엽다는 말이 나왔다. 이런 날은 꼼짝 없이 종일 잡혀 있어야 한다. 테오도르는 문을 향해 힘껏 달렸다.

"테오도르, 너 고모를 두고 어딜 가니!"

캐러다인이 서둘러 잡아 보려 했으나 여덟 살짜리 어린 조카를 달리기로 이기기란 불가능했다. 녀석은 날다람쥐처럼 빨랐다.

하지만 결과적으로 테오도르의 탈출은 미수로 그쳤다. 갑자기 문이 열리며 사람들이 들이닥쳤기 때문이다.

"테오도르, 여기 있었구나!"

일행은 총 넷이었다. 저택의 주인인 타운젠드 공작과 그의 부인, 그리고 캐러다인의 남편인 스웨르겐 백작과 웬 미모의 여성이었다.

"아스완 누나!"

조부모와 고모부를 제치고 테오도르가 뛰어가 안긴 것은 바로 그 여성이었다. 서로를 망설임 없이 껴안는 모습이 한두 해 알아 온 사이가 아닌 듯했다.

"테오도르, 먼저 할아버지께 인사 올려야지."

"됐다. 가서 차나 내 오거라."

캐러다인이 조카를 꾸중하려 하자 타운젠드 공작이 손을 들어 제지했다.

평소 예의를 무엇보다 중요시하는 공작이지만 엄마 없이 자란 어린 손자에게만은 유독 마음이 약했다.

더욱이 아스완은 가족 외의 사람에게는 낯을 심하게 가리는 손자가 유일하게 살갑게 대하는 사람이었다. 손자의 즐거움을 굳이 뺏고 싶지 않았다.

"누나, 이번에는 얼마나 있다 가실 거예요?"

자리에 앉자마자 아스완에게 바짝 붙으며 테오도르가 성급하게 물었다. 그에 스웨르겐 백작이 웃으며 조카를 타일렀다.

"테오도르, 이제 막 도착한 손님에게 숨 돌릴 시간은 주어야 하지 않겠니?"

"앗, 그런가요?"

"그래, 테오도르. 쉐르단 후작가에서 여기까지는 아주 먼 거리란다. 이럴 땐 제일 먼저 여행은 편안했는지 어떤지 묻는 게 순서이고 예절이지."

공작 부인까지 거들고 나서자 녀석이 머쓱한 듯 두 뺨을 붉혔다. 아스완은 미소 띤 얼굴로 부드럽게 테오도르의 머리를 쓰다듬었다.

"전보다는 좀 오래 있고 싶은데 테오도르의 허락을 받아야 할까?"

"저는 좋아요! 얼마든지 있으세요!"

튕겨 나갈 기세로 녀석이 벌떡 일어서며 소리쳤다.

"정말? 나 때문에 귀찮지 않겠어?"

"귀찮기는요! 제가 누나 심심하지 않게 매일매일 이야기 상대 해 드릴게요!"

"그래 주면 나야 고맙고. 그럼 이번에도 신세 좀 질게. 잘 부탁해, 테오도르."

테오도르와 눈빛을 맞추며 그녀가 방긋 웃었다. 세상을 다 얻은 듯한 표정으로 테오도르가 환호성을 지르며 아스완의 목을 끌어안았다. 그녀 또한 녀석의 작은 몸을 두 팔로 다정하게 감싸 안았다.

타운젠드 공작은 흐뭇한 눈길로 그런 둘의 모습을 바라보았다.

흠을 잡으려야 잡을 수가 없는 아이였다. 가문이면 가문, 미모는 더할 나위 없이 훌륭했고, 성품마저 요즘 젊은이 같지 않게 너그럽고 진중했다.

가장 마음에 드는 점은 무엇 하나 나무랄 데 없는 이 아이가 자신의 아들을 원한다는 것이었다.

'이런 아이를 왜 싫다는 것인지.'

아스완을 볼 때마다 아들의 마음을 공작은 이해할 수가 없었다.

"추위를 달래 줄 따듯한 차가 왔습니다."

테오도르가 그동안의 이야기를 아스완에게 조잘조잘 털어놓기 시작할 즘, 캐러다인이 맛 좋은 과자와 함께 차를 들고 나타났다.

곧 상이 차려졌고 탁자를 중심으로 여섯 명이 빙 둘러앉았다. 테오도르는 당연하다는 듯이 아스완의 옆을 차지했다.

"그래, 아스완. 여행은 즐거웠니?"

"네, 좀 춥긴 했지만 좋았어요. 그런데 캐러다인 언니는 못 뵌 사이 더 젊어지신 것 같아요."

"어머, 내가?"

"네, 스웨르겐 백작님께서 여전히 잘해 주시나 봐요."

백작의 자상함은 이미 정평이 나 있었다. 아스완이 부럽다는 듯 쳐다보자 캐러다인이 고개를 흔들며 반박했다.

"아니야, 잘해 주기는 무슨. 요즘 바빠서 얼굴 보기도 힘들어. 오늘 이렇게 같이 있는 것도 다 네 덕분인걸. 네가 도착한다니까 아버지께서 단체로 호출하신 거 있지."

"저런, 그럼 바쁘신데 저 때문에 일부러 오신 거예요? 그러실 필요 없는데……."

아스완의 얼굴이 미안함으로 물들자 스웨르겐 백작이 얼른 나서서 해명했다.

"아닙니다. 장인어른과 장모님도 뵐 겸 겸사겸사 온 것입니다. 신경 쓰지 마십시오."

괜한 소리를 한다며 부인을 힐긋 노려본 뒤 백작이 사람 좋게 웃었다.

"추위를 뚫고 멀리서 이곳까지 왔는데 암, 다들 모여서 인사라도 해야지. 아스완, 우리 모두 가족이라 생각하고 편히 쉬다 가거라."

"늘 머물던 방으로 깨끗이 청소해 놓았단다. 지금쯤 불도 지펴 놔서 따듯할 게다. 환영한다, 아스완."

"저도요, 누나!"

열렬한 환대였다. 타운젠드 공작과 부인에게 감사하다는 듯 살짝 목례하며 아스완이 슬쩍 입구 쪽을 돌아봤다.

"그런데 타운젠드 백작님은 안 보이시네요. 어디 가셨나요?"

"글렌이라면 아까 나가던데?"

"오늘 같은 날은 집에 좀 있으라고 했더니 그새 나갔단 말이냐?"

안 그래도 글렌이 보이지 않아 내심 속이 불편한 공작이었다. 이번만큼은 아스완을 피하지 않겠다는 아들의 약속을 믿었건만, 잠깐의 위기를 모면하기 위한 거짓이었던 모양이다.

아버지의 눈빛이 심상치 않게 변하자 캐러다인은 서둘러 동생을 위해 변명했다.

"그게 아주 급한 일 같더라고요."

"급한 일?"

"네, 당장 마차를 대기시키라며 뛰어나가던걸요?"

글렌으로서도 불가피한 상황이었음을 캐러다인은 거듭 강조했다.

"어? 아버지다!"

그때 갑자기 테오도르가 일어서며 창가로 달려갔다.

"테오도르, 그게 무슨 말이니?"

"지금 이 소리요. 아버지가 타고 나가신 마차 소리거든요."

그러고 보니 말의 울음소리가 들리는 것도 같았다. 캐러다인은 조카를 따라 창으로 가 밖을 내다보았다.

"어머, 정말이네? 글렌이 왔어요."

"헤헤, 제 말이 맞죠? 전 그럼 가서 아버지 모셔 올게요!"

테오도르가 부리나케 아래층으로 뛰어 내려갔다. 그리고 잠시 후, 두 부자가 나란히 손을 잡고 실내로 들어섰다.

"이제 오니?"

"춥다. 얼른 문 닫고 이리 와 앉거라."

방금 전까지 치솟던 화가 눈 녹듯이 사라졌다. 때마침 돌아온 아들을 반갑게 맞으며 타운젠드 공작이 손짓했다.

그런데.

"아니요, 먼저 드릴 말씀이 있습니다. 잠시 시간 좀 내주십시오."

"글렌?"

"죄송합니다, 어머니. 급한 일이라서요. 매형께서도 와 주십시오."

낯빛을 보니 허투루 하는 소리가 아니었다. 타운젠드 공작과 스웨르겐 백작이 미간을 모은 채 눈빛을 교환했다.

"글렌, 아스완도 왔는데 나중에 하면 안 돼?"

"미안해, 누나. 양해 부탁할게."

"아버지, 난? 나는 안 가도 돼?"

"응, 아버지가 할아버지랑 고모부랑 중요하게 할 얘기가 있거든? 미안하지만 테오도르는 여기서 고모랑 놀고 있어. 금방 올게. 알겠지?"

뾰로통하게 부푼 아들의 볼을 두 손으로 감싸며 글렌이 약속했다. 야속한 마음 금할 길 없지만 테오도르에게는 익숙한 상황이었다.

어쩔 수 없다는 듯 녀석이 고개를 끄덕이며 아버지의 손을 놓았다.

"근데 아버지, 아스완 누나에겐 미안하다고 안 해?"

"어?"

"손님이잖아. 그리고 아까 아버지가 어디 갔는지 누나가 궁금해했단 말이야."

"그래?"

실내로 들어와 애써 피하던 시선을, 글렌은 결국 맞이하고야 말았다. 그의 입에서 어색한 말투가 흘러나왔다.

"……왔니?"

"네, 조금 전에 도착했어요. 잘 지내셨어요?"

"나야 항상 똑같지. 넌 어때?"

"저도 별다른 일은 없었어요."

마음이 편치 않으니 대화를 나누는 것 자체가 곤욕이었다. 글렌이 서먹해하며 불편한 모습을 보이자 아스완이 먼저 배려했다.

"전 괜찮으니까 신경 쓰지 마시고 어서 가 보세요."

"서운해하지 않았으면 좋겠다. 정말 급한 일이어서 그래."

"네, 그렇게 생각하지 않아요."

"고맙다."

착한 심성은 어릴 때나 지금이나 변함이 없었다. 차라리 자기밖에 모르는 이기적이고 막돼먹은 아이였다면 이토록 미안하지는 않았을 것이다.

상대에게 보상받지 못하는 감정이 얼마나 스스로를 비참하고 힘겹게 하는지는 글렌이 누구보다도 잘 알고 있었다.

'제발 이쯤에서 그만두렴.'

멈추지 못해 고통받는 사람은 자신 하나로 족했다. 뒤통수에 꽂히는 애틋한 시선을 애써 모른 척하며 글렌은 눈을 감았다.

* * *

"대체 무슨 일이냐?"

중한 용무라고 해서 시간을 내긴 했다만 아스완을 두고 온 것이 공작은 못내 마음에 걸렸다. 꼭 그녀를 예뻐해서만이 아니었다.

아스완 바엘 드 쉐르단.

이름에서부터 알 수 있듯이 그녀의 아버지가 바로 국경 수비대 군단장을 맡고 있는 바함 드 쉐르단 후작이었다. 홀로 동원할 수 있는 군사력만 수십만이 넘는 그는, 아군이라고는 하나 공작이 유일하게 만만히 대할 수 없는 인물이기도 했다.

글렌을 기다리겠다며 결혼 적령기를 훌쩍 넘긴 딸 때문에 후작의 고심이 깊은 요즘, 되도록이면 모든 일이 순탄하게 흘러갔으면 하는 게 공작의 바람이었다.

“알아냈습니다.”

“무엇을 말이냐?”

다짜고짜 운을 떼는 글렌의 눈빛은 예전과 달리 빛이 났다. 타운젠드 공작이 인상을 쓰며 묻자 글렌이 비죽 웃으며 대답했다.

“그들이 사라진 방법 말입니다.”

“그들?”

“아버지의 생신 파티 때, 칼리스타 백작 일행이 사라졌던 거 기억 안 나십니까?”

당연히 기억난다. 생각지도 못한 리안의 소식에 타운젠드 공작과 스웨르겐 백작의 자세가 달라졌다.

“처남, 계속 알아본다고 하더니 수확이 있었던 겁니까?”

“네, 매형. 수상한 저택을 하나 찾아냈습니다.”

글렌은 품에 지니고 있던 지도를 꺼내 탁자 위에 펼쳤다.

“여기, 그들이 사라졌던 여관에서 멀지 않은 곳에 위치하고 있습니다.”

“이 저택이 어쨌다는 것이냐?”

“여관을 중심으로 원을 그리듯 퍼져 나가며 온 도시를 샅샅이 뒤졌습니다. 실력 좋은 추적자들을 대거 고용했음에도 그들의 흔적을 전혀 찾아볼 수 없었지요. 그러다 이 저택이 나왔습니다.”

글렌은 저택이 있는 지도상의 위치를 손가락으로 짚으며 말을 이었다.

"관리는 무척 잘 되어 있는데 사람은 살지 않고, 결정적으로 주인이 누구인지 알 수가 없더군요. 아시모프라는 이름으로 등록이 되어 있긴 하나 조사해 본바 마리오네시에 그런 사람은 없었습니다."

"아시모프?"

흔한 이름은 아니었다. 하지만 지금의 낯설지 않은 이 느낌은 분명 어디선가 들어 봤다는 증거였다.

스웨르겐 백작이 기억을 더듬듯 눈썹을 모으자 글렌이 싱긋 웃으며 검지를 펼쳤다.

"역시 매형은 기억력이 좋으십니다."

"아는 사람이냐?"

"글쎄요. 이걸 안다고 해야 할지 모른다고 해야 할지 잘 모르겠습니다. 한 번도 본 적은 없는 사람이라서요."

"본 적이 없다?"

"네, 8년 전에 죽었거든요. 칼리스타 백작이 열두 살 때."

"아!"

글렌이 힌트를 주자 스웨르겐 백작이 손가락을 튕기며 목소리를 높였다.

"아시모프 폰 칼리스타! 칼리스타 백작의 죽은 아비 이름입니다."

"그게 정말인가?"

"네, 장인어른. 제가 올렸던 칼리스타 백작에 대한 보고서를 찾아보시면 분명 적혀 있을 겁니다. 확실해요."

"굳이 찾아보실 필요 없습니다. 제가 이미 다 알아봤으니까요. 저택을 구입한 날짜가 우리 령(領)에 칼리스타 뱅크가 들어선 시기와 일치합니다. 칼리스타 백작이 신분을 감추기 위해 죽은 아버지의 이름을 이용한 것이 틀림없어요."

"안에는 들어가 봤느냐?"

아버지의 물음에 글렌이 당차게 고개를 끄덕였다.

"물론이죠. 지금 막 그곳에 다녀오던 길입니다."

"그래, 무엇이 있더냐?"

"별달리 건질 만한 건 없었습니다. 구석구석을 빠뜨리지 않고 다 조사해 보았지만 칼리스타 백작과 관련된 물품은 전혀 없었습니다."

"흔적을 남기지 않는 기술 하나만큼은 정말 타고난 모양입니다."

"매형, 너무 약 올라 하지 마세요. 그게 다가 아니니까요."

"뭐가 또 있습니까?"

"그럼요. 제가 급하게 돌아온 이유가 바로 그것 때문입니다."

글렌의 얼굴은 어느 때보다 자신감에 차 있었다. 그가 마침내 털어놓았다.

"저택 뒤로 커다란 창고가 하나 나왔습니다. 그런데 이 창고가 안에 뭘 숨겨 놓았는지는 몰라도 온통 마법으로 도배가 되어 있더군요."

"설마 보호 마법 같은 거 말입니까?"

"네, 아무리 용을 써도 문이며 창문이며 다 꿈쩍도 하지 않았습니다. 장정들이 해머를 들고 벽을 부수려고 여러 번 시도해 보았지만 소용이 없더군요. 그때 확신했습니다. 저택이 칼리스타 백작과 어떤 식으로든 관련이 있음을. 아버지, 이 일을 마무리 짓기 위해선 우리 쪽에도 마법사가 필요합니다. 그들을 내어 주십시오."

글렌이 급하게 공작을 찾은 것은 바로 그 때문이었다. 공작가의 마법사를 동원하는 데에는 반드시 가주의 승인이 필요했고, 글렌은 지금 당장 마법사가 필요했다.

"칼리스타 백작은 5서클의 마법사다. 우리에게 있는 마법사는 고작해야 2서클인데 가능할 것 같으냐?"

"일단 시도는 해 봐야지요. 그리고 제가 알기로 마법사가 흔히들 쓰는 잠금이나 해제 마법 등은 2서클 마법입니다. 승산 있습니다, 아버지."

"다 좋은데요, 처남. 칼리스타 백작이 만약 알람 마법을 쳐 놓았다면 벌써 눈치를 챘을 텐데, 괜찮겠습니까?"

"이미 저질러진 일이니 그건 어쩔 수 없습니다. 만약 알람 마법이 작동을 했다면 칼리스타 백작이 오기 전까지 어떡해서든 끝내야지요. 일단 유리한 건 우리입니다. 칼리스타 백작은 먼 곳에 있으니까요. 게다가 요즘은 밖에 잘 나오지도 않는 백작이 아닙니까?"

레베카의 일로 황도를 떠난 칼리스타 백작이 자신의 영지에서 조용히 지낸다는 것은 최근 알 만한 사람들은 다 아는 사실이었다.

레베카가 그곳에서 바로 여행을 떠나는 바람에 무슨 얘기가 오간지는 자세히 모르지만, 타운젠드 공작은 그 일만 생각하면 아직도 이가 갈렸다.

"아마도 오늘 일로 놀라 달려오고 있을지도 모르겠네요. 라키아도 없는 데다 그까지 사라졌으니 이번에는 혼자겠습니다."

"크라우저 후작의 자취는 지금도 열심히 수소문하고 있습니다. 조만간 꼭 알아낼 터이니 조금만 더 기다려 주십시오."

역시나 올겨울에도 차이에 대한 추적은 실패로 끝났다. 호언장담을 했던 것이 부끄러울 정도로 상대는 감쪽같이 사라졌다.

글렌이 의도한 것은 아니지만 차이에 대한 이야기가 나오자 스웨르겐 백작이 죄스러운 듯 고개를 숙였다. 그에 타운젠드 공작이 손을 저으며 위로했다.

"자네 탓이 아니니 자책하지 말게. 당사자가 평범한 인간이 아닌 걸 어떡하겠나. 다음을 노려 보세."

"차후엔 실수 없도록 하겠습니다."

"글렌은 일단 모던을 내어 줄 테니 창고 일을 서둘러라. 칼리스타 백작이 다른 수를 쓰기 전에 우리 쪽에서 끝내야지."

모던은 그들이 데리고 있는 유일한 2서클의 마법사였다. 공작의 허락이 떨어짐과 동시에 글렌이 몸을 일으켰다.

"그럼 다녀오겠습니다."

'마법이라…….'

떠나는 글렌의 뒷모습을 바라보며 공작은 생각했다.

과연 칼리스타 백작은 그 창고 안에 무엇을 숨겨 놓았을까?

이상하게도 궁금증보다는 기대감이 더 컸다. 창고 안의 물건을 그가 손에 쥐었을 때 칼리스타 백작이 지을 표정이.

안에 든 것이 무엇이든 절대로 순순히 내어 주진 않으리라.

공작의 입술이 차갑게 비틀렸다.

*　　*　　*

똑똑.

단정한 노크 소리에 이어 한 청년이 문을 열고 안으로 들어왔다.

"부르셨어요."

막 목욕을 마친 듯 청년의 머리에는 물기가 묻어 있었고 산뜻한 비누 향이 풍겼다.

"그래, 모레츠. 수련은 잘했느냐?"

"네, 이제 끝마치고 오는 길입니다."

청년의 이름은 모레츠, 어려서부터 검의 천재로 소문난 맥카시 공작의 장남이자 그의 최고의 자랑거리였다.

"이리 앉거라."

공작이 눈짓으로 자신의 왼편을 가리켰다. 방 안의 또 다른 손님인 콘로이 자작에게 가볍게 묵례한 후, 모레츠가 그곳으로 가 앉았다.

"아비가 널 부른 이유는 네 나이도 이제 내년이면 스물하고도 둘이 된다. 결코 적지 않은 나이, 하여 본격적으로 너에게 정치에 대해 가르칠까 한다."

"어려서부터 보고 자란 게 정치입니다. 아버지께서 보시기엔 부족하겠지만, 그 분야라면 자신 있습니다."

"하하, 내 아들인데 당연히 그렇겠지. 하지만 이론과 실전은 다르다는 걸 너도 잘 알 것이다."

"실전이라시면?"

"지난번 일로 느낀 것이 없느냐?"

모레츠의 안면이 일순 싸늘하게 굳었다.

지난번의 일.

그것은 그에게 평생 기억하고 싶지 않은 굴욕의 날이었다.

"……후작을 말씀하시는 겁니까?"

"그렇다. 차이 반 크라우저 후작……. 알다시피 지금껏 그의 존재는 몇몇 핵심 귀족들만이 아는 비밀이었다. 이젠 그걸 너도 알게 되었지. 아비가 묻겠다. 모레츠, 넌 그를 모르던 예전으로 돌아갈 수 있겠느냐?"

그 일이 있은 후로 모레츠가 수련에만 몰두하고 있는 것을 아는 공작이었다. 평생 누군가에게 져 본 적도, 굽혀 본 적도 없는 아들의 심정이 어땠을지 공작은 능히 짐작이 갔다.

아들을 부른 것은 그래서였다. 이제 녀석도 온실이 아닌 밖으로 나올 때가 되었다.

"앞으로 여기 콘로이 자작을 따르며 배우도록 하거라. 단순히 배우기만 하라는 뜻이 아니다. 잠시 공작가의 후계자란 지위를 내려놓고 자작의 수행원이 되라는 의미이다."

"아버지?"

"그렇게 볼 거 없다. 콘로이 자작은 아비가 가장 신뢰하는 사람이다. 그를 수행하다 보면 많은 걸 배울 수 있을 테고, 그러다 보면 네가 갖지 못한 것들을 얻게 될 것이다. 아비는 그렇게 생각한다."

"그러니까 일종의 후계자 수업입니까?"

"그렇게 부를 수도 있겠지."

"그렇다면 저도 아버지께 하나 여쭙겠습니다. 제가 오늘 아버지의 뜻을 받아들인다면, 더 이상 제게 감추는 것 없이 모든 걸 사실대로 공개하실 겁니까?"

"아마도 그래야 할 것 같구나."

수행원이란 표현에 잠깐 욱하긴 했지만 모레츠의 표정은 곧 밝아졌다.

나쁘지 않은 결과였다. 아니, 오히려 바라던 바다.

이제껏 알아서 좋을 게 없다는 핑계로 모르고 지나간 일들이 수두룩했다. 심지어 친구들은 아는 것을 자신만 모른 적도 있었다(자존심이 상해 물어볼 수도 없었다).

바보처럼 자작의 뒤를 따라다니는 팔자가 되었지만 어차피 잠시였다. 자신은 금방 배우는 편이니까.

"언제부터 시작할까요?"

자신 있어 하는 아들의 음성에 맥카시 공작의 얼굴이 흡족함으로 물들었다. 그가 아들을 자랑스럽게 바라보며 말했다.

"오늘, 바로 지금부터다."

"콘로이 자작님, 앞으로 잘 부탁드립니다."

모레츠가 정식으로 자작을 향해 다시 한 번 묵례했다.

"그건 공자님께 제가 드릴 말씀입니다. 부족하지만 최선을 다하겠습니다."

인자한 선생님처럼 온화한 미소를 입에 문 채, 자작이 겸손하게 머리를 숙였다.

"둘이야 오래전부터 아는 사이니 대화는 나중으로 미루고, 바로 업무 보고로 들어가지. 칼리스타 백작의 동태는 어떤가? 아직도 그를 만나지 못했다고 하던가?"

"네, 공작 전하. 백작에게 직접 서찰을 전달하기 위해 노력했으나 집사에게 막혀 대면조차 할 수 없었답니다."

"공작인 내가 보낸 서찰인데도 말인가?"

"송구하지만 그렇습니다. 방향을 바꿔 하인들을 노려 보았지만 워낙 입단속이 철저하여 그도 실패하였답니다."

"없는 게 확실해. 그렇지?"

"지금까지 모습을 드러내지 않는 것으로 보아서는 성내에 머물고 있지 않을 가능성이 크다고 봅니다."

입꼬리를 올리는 공작을 보며 콘로이 자작이 고개를 끄덕였다. 둘의 알아들을 수 없는 대화에 모레츠가 이마를 찌푸리며 끼어들었다.

"칼리스타 백작이 성에 없다니 그게 무슨 말씀들입니까? 레베카 양과의 시끄러운 소문을 피해 그가 영지로 피신을 간 것은 황도 시민이라면 누구나 다 아는 얘기인데요?"

"맞습니다, 공자님. 처음엔 그랬지요. 지금도 소문에는 그가 당분간 조용히 마법 연구에만 몰두할 것이라고 되어 있습니다."

"그런데 사실이 아니란 겁니까?"

"칼리스타 백작이 레베카 양의 혼인첩을 거절했다고는 하나 만일을 대비해 저는 제대로 확인을 해야 했습니다. 잘못되어 양가가 정말 혼인이라도 하게 되면 엄청난 파장이 미칠 테니까요."

혼인첩 얘기가 거론되자 모레츠는 잊고 있던 기억이 되살아나며 불쾌한 감정이 다시금 치솟았다.

칼리스타 백작. 그는 모레츠가 크라우저 후작 다음으로 쓰러뜨리고 싶은 상대였다.

그런 그에게 비록 혼자뿐이지만 십여 년 동안을 반려로 맞겠다 생각했던 여인이 혼인첩을 보냈다는 소식을 전해 들었을 때 모레츠는 심한 모욕감을 느꼈다. 그리고 그 혼인첩을 칼리스타 백작이 거절했을 땐 기쁨이 아닌 분노를 느꼈다.

자신은 받지 못한 것을 받은 상대가 그것을 거부했다는 사실이 모레츠로 하여금 열등감을 갖게 한 것이다.

그로서는 생소한 감정이었다. 더불어 한 번도 겪어 보지 못한 좌절감까지. 그것을 근래 들어 두 번이나 느끼고 있었다.

"그러다 이상한 얘기를 하나 접했습니다."

콘로이 자작의 계속되는 설명에 모레츠는 상념에서 벗어나 현실로 돌아왔다.

"레베카 양이 거절을 당한 후 칼리스타 백작을 만나러 갔다는 사실은 잘 아실 겁니다. 그리고 그때 그 자리에 오필리아 양이 함께 있었다고 하더군요."

"오필리아 양이라면 카타이저 백작가의 장녀 말입니까?"

"네, 그녀가 칼리스타 백작을 좋아한다는 건 알 만한 사람은 다 아는 얘기입니다. 어쨌든 그녀 말이 갑자기 칼리스타 백작이 말도 없이 사라졌다고 합니다."

"사라졌다고요? 말도 없이?"

"레베카 양이 본인에 대한 험담을 늘어놓는 바람에 칼리스타 백작이 피한 거 같다고 분통을 터뜨리기는 했으나, 제가 아는 레베카 양은 누군가의 험담을 할 성격이 아닙니다. 칼리스타 백작 또한 성에 찾아온 손님을 그렇게 박대할 위인이 못 되고요."

"그래서 확인차 아비가 서찰을 하나 띄워 보냈다. 그 결과가 바로 조금 전에 듣던 대로다."

"조금 전이라면, 소문과 달리 칼리스타 백작이 성에 없을 수도 있다. 그 말씀입니까?"

"네, 공자님. 좀 더 조사를 해 봐야 하겠지만 일단은 의심스러운 상황입니다."

모레츠는 이해가 잘 안 갔다.

황도도 아니고 영지에도 없다면 칼리스타 백작은 지금 어디에 있단 말인가?

하늘로 솟거나 땅으로 꺼지지 않는 이상 정보 길드에서 찾아내지 못하는 것은 없다. 더욱이 레베카가 방문했을 때라면 이미 한참 전이지 않은가?

아직도 그의 행적을 정확히 모른다는 사실에 모레츠는 경악했다.

"다른 이들은 어떤가? 그들도 마찬가지인가?"

"칼리스타 부인 말고는 모두 보이질 않습니다."

"후작이야 매번 겨울이면 사라지니 그렇다 치지만, 그 묘인족들도 셋이나 되는데 싹 다 말인가?"

"오히려 그들은 시기상 칼리스타 백작보다 먼저 자취를 감췄습니다."

"허허, 황제의 심부름을 간 라키아까지 더하면 칼리스타 백작의 주변 인물들이 전부 사라졌다는 건데……."

이대로 영원히 없어져 준다면야 손뼉이라도 치며 좋아할 테지만, 동시에 약속이라도 한 듯 이런 일이 벌어진다는 것은 필시 어떤 연유가 있을 것이다.

그것이 무엇인지 알아내야 했다.

"아, 오늘 날아온 전서에 의하면 로드리게즈 백작이 용무를 마치고 황도로 돌아오고 있다고 합니다."

"벌써?"

"네, 공작 전하. 어째서인지 몹시 서두르는 기색이었다고 적혀 있는 것으로 봐서, 폐하께 긴급히 전할 뭔가가 있는 것이 아닌가 사료됩니다."

5만의 병사를 대가 없이 통째로 가져다 바쳤다. 그 사건으로 맥카시 공작은 오랜만에 심한 패배감에 휩싸였고, 자존심 또한 크게 상했다.

안 그래도 칼리스타 백작의 성장은 타운젠드 공작에 비해 갈수록 그의 입지를 줄어들게 하고 있었다. 이것은 마치 황제와 그의 처남이 자신을 무너뜨리기 위해 합심하여 덤비는 꼴이었다.

'이대로 당하고만 있을 순 없지.'

맥카시 공작이 비릿한 미소를 머금으며 운을 뗐다.

"아무래도 이 아비가 그동안 조카님을 너무 오냐오냐 대했던 것 같다. 슬슬 조일 때가 되었어."

눈을 동그랗게 뜨는 아들을 향해 뜻 모를 표정을 지으며 공작이 자작에게 명했다.

"콘로이 자작, 그들에게 감시를 붙이도록."

"전부 말입니까?"

"인질은 많을수록 유리하니까. 그보다 황후께선 여전히 홍차를 즐겨 타고 계시겠지?"

"네, 날이 추워지니 더욱 열심이신 듯합니다."

"좋아, 허면 이제 남은 건 칼리스타 백작의 위치뿐이군. 과연 어디에 있을까?"

모든 건 그 답이 나온 이후에 시작될 것이었다.

제5화

삼엄한 도시

"전 반대입니다."

딱딱한 시선을 라문에게 고정한 채 류지가 차가운 음성을 발했다. 라문과 류지, 그들 둘 사이에 어떤 문제가 있는지는 몰라도, 류지의 이런 반응은 리안이 전혀 예상하지 못한 것이었다.

'후우.'

리안은 난처한 표정을 지으며 힐긋 라문을 돌아봤다. 다행인지 불행인지, 그는 작금의 상황과 자신은 아무 관련도 없다는 듯 열심히 고기만 뜯고 있었다.

두 손에 기름을 잔뜩 묻힌 채 싱글거리며 먹는 모습이 꼭 열

살짜리 아이를 보는 것 같았다.

리안은 한숨이 나오려는 것을 꾹 눌러 참았다. 어쨌거나 라문의 도움이 없었더라면 류지의 이번 구출은 시도 자체가 불가능했다.

그 사실을 가장 잘 이해하는 당사자가 바로 류지일 텐데, 고마워하지는 않고 어째서 이렇게 화를 내는지 리안으로서는 그저 궁금할 따름이었다.

혹 아버지 때문일까?

조금 전 류지는 모두가 보는 앞에서 아버지와 의절을 선언하고 집을 나왔다. 부모와 자식의 연이라는 게 말 한마디로 쉽게 끊어지는 것은 아니라 여기지만, 그렇게밖에 할 수 없었던 류지의 속도 편하지만은 않았을 것이다. 단지 표현을 안 할 뿐, 위로가 필요한지도 몰랐다.

"저, 류지. 제가 상관할 일은 아니지만 류지의 아버지께서 그러신 건 다 류지를 살리기 위해……."

"리안 님은 그 말을 믿으십니까?"

류지가 코웃음을 치며 리안의 말을 잘랐다. 그의 입가가 조소로 실룩거렸다.

"전 믿지 않습니다. 왜냐고요? 제 아버지는 말이죠. 자식에 대한 애정보다 원로원의 장로로서 가진 사명감이 더 크고 중요하신 분이니까요. 나라의 안정을 위해서라면 뭐든 하실 분이 바로 저희 아버지십니다."

"류지, 그건 류지가 잘……."

"못 믿겠으면 여기 라문 님께 한번 여쭤 보십시오. 원로이시니 아마 저보다 잘 아실 겁니다."

"응? 내가 뭐?"

본인의 이름이 거론되자 라문의 귀가 쫑긋 세워졌다. 그가 기름이 묻은 손가락을 입술로 쪽쪽 빨며 둘을 향해 해맑게 웃었다.

안 그래도 저기압을 그리던 류지의 눈썹이 사납게 휘어졌다.

"이 상황에 참 잘도 드십니다. 그렇게 맛있습니까?"

"엉, 힘든 일 했잖아. 어떤 골치 아픈 놈 빼내느라고 내가 세상에서 가장 싫어하는 누구랑 독대 좀 했거든. 근데 너무 오래 같이 있었나 봐. 몸에서 기력이 다 빠져나가는 게 이러다 죽을 거 같아."

말과는 달리 라문의 반짝이는 파란색 눈망울은 어느 때보다 생기 넘쳐 보였다. 류지가 어이가 없어 멍하니 입을 벌리자 그가 큼직한 고기 한 덩이를 집어 앞으로 내밀었다.

"너도 먹어 봐. 갓 잡은 고기라서 그런지 아주 신선해."

"됐습니다. 라문 님이나 실컷 드십시오."

"그래? 알았어."

두 번의 권유는 없었다. 라문은 망설임 없이 집었던 고기를 자신의 입으로 가져갔다. 고기는 곧 그의 위장 속으로 깨끗이 사라졌다.

진중함이라고는 눈 씻고 찾아볼 수 없는 라문의 작태에 결국 류지가 터지고 말았다.

"대체 라문 님은 여기에 왜 계신 겁니까?"

"그걸 몰라서 물어? 여기 내 집이거든?"

류하 장로의 저택을 빠져나온 직후 갈 곳이 없는 나머지 일행이 들른 곳이 라문의 집이었다(류지는 안 들어가겠다며 버티긴 했지만, 너무 늦은 시각이라 리안이 억지로 끌고 들어왔다).

묻는 말을 곧이곧대로만 해석하는 라문의 유치함에 다시 한 번 인내심을 발휘하며 류지가 설명했다.

"제 말은 어째서 라문 님이 저와 함께 가시려고 하는지를 묻는 겁니다. 라문 님은 아신 님 편이 아니었습니까?"

"질문이 이상해. 내가 언제 편 가르며 노는 거 봤어?"

"전 그런 줄 알았는데요."

"그렇담 나에 대해 몰라도 한참 모르는 거네. 언제 시간 되면 의절한 아버지께 가서 물어봐. 원로원 회의 때마다 나 때문에 만날 복장 터져 하니까."

돌려서 말했지만 라문의 말뜻을 류지는 알아들었다. 투표 때마다 찬반이 아닌 기권을 던지는 라문의 행태는 이미 묘인국 내에서 소문이 자자했다.

자신이 가진 권한을 올바르게 행사하지 않고 나 몰라라 하는 것 또한 류지가 라문을 싫어하는 또 다른 이유이기도 했다.

"그 문제는 지금의 대화와는 아무 상관이 없다고 여겨집니다만."

"상관이야 없지. 난 그냥 체질적으로 귀찮아서 누구 편드는 걸 싫어한다고 증명하고 있을 뿐이야. 아신 형 편이냐고 물은 건 너잖아."

"믿을 수 없습니다. 아사 님이 부상을 당하시기 전, 라문 님이 아신 님을 지지했다는 거 알고 있습니다."

"헐! 바보 아냐?"

"절 지금 모욕하시는 겁니까!"

류지가 그렁거리며 은근한 살기를 드러냈다. 그 살기를 고스란히 받아내며 라문이 분명하게 얘기했다.

"뭘 착각하고 있나 본데, 난 지금도 여전히 아신 형을 지지해. 샤하의 자리에 누구보다도 어울리는 존재니까. 넌 그 순진하고 한심하기 짝이 없는 아사가 샤하가 될 수 있다고 정녕 생각하는 건가?"

"……!"

"누군가의 꼭두각시 노릇은 할 수 있겠지. 좋은 말로 부탁하면 뭐든 들어주는 착한 녀석이니까. 하지만 샤하가 그래서는 안 되잖아? 이만하면 대답이 되었나?"

이제까지와는 다른 눈빛이었다. 자주 본 사이는 아니지만 지금처럼 진지한 라문의 모습은 류지로서는 뜻밖이었다.

그에게 이런 면이 있었던가?

매사 장난에, 놀기만 좋아하는 그가 생각이라는 것을 조금은 한다는 사실이 그저 놀라웠다.

'하지만 그래도 동행은 불가다.'

어떤 변수가 생길지 모르는 위험한 곳이었다. 그런 곳으로 라문을 데려가는 것이 얼마나 큰 모험일지 불 보듯 뻔한 일이었다. 류지는 결심을 굳히며 처음의 화제로 돌아갔다.

"어쨌든 전 반대입니다. 험난한 여정이 될 겁니다. 라문 님과 같은 분이 견뎌내실 리 없습니다."

"누가 그래? 내가 견디지 못한다고?"

"제대로 된 곳에서 숙식도 못하고 휴식도 없는 강행군이 될 텐데, 불평불만 하지 않을 자신 있으십니까?"

"아니, 없는데?"

최소 거짓말은 하지 않는다는 점이 라문의 장점이라면 장점일 것이다. 류지가 그것 보라며 리안에게 말했다.

"보십시오. 라문 님은 안 됩니다. 저희만으로도 벅찬데 혹을 달고 갈 순 없어요."

"내가 혹이면 저쪽은 뭔데?"

새로 내온 요리로 손을 뻗으며 라문이 심드렁하니 턱짓했다. 그의 턱이 가리키는 곳엔 류하 장로의 명을 받고 류지를 뒤쫓아 온 가헨이 있었다.

시선들이 자신에게로 쏠리자 가헨이 서먹하게 웃었다.

"가헨은 제 수하입니다. 도움이 되면 되었지, 라문 님처럼 짐이 되진 않을 겁니다."

“내가 혹이 되었다가 짐이 되었다가 하는군.”

고기를 씹으며 라문이 홀로 키득거렸다. 그러던 그가 갑자기 리안을 향해 고개를 팩 꺾었다.

“어이, 인간. 나 정말 안 데려갈 거야? 나랑 약속한 건 다 거짓이었어?”

“제가 한 약속은 꼭 지킵니다. 지금이 아니라면 돌아와서라도…….”

“그러다 도망가면? 아사 녀석이랑 같이 그대로 내빼면 나 혼자 완전 바보 되는 거잖아! 나보고 가만히 앉아 당하고 있으라고? 절대 못 그러지—.”

류지가 들어먹지 않자 방법을 바꿨는지 라문이 리안을 붙들고 늘어졌다.

그가 ‘약속’을 언급할 무렵부터 인상을 쓰기 시작한 류지가 눈을 부릅뜨며 끼어들었다.

“리안 님, 약속이라니요? 라문 님과 저 모르게 무슨 약속을 하신 겁니까?”

다시 난감한 상황에 처했다. 무시무시한 류지의 눈빛을 차마 피하지 못하고 리안이 어색한 미소로 때울 때, 라문이 대신 나서서 답했다.

“널 저택에서 꺼내는 걸 도와주는 대신 조건을 걸었어. 날 인간 세상으로 데려가 달라고. 네가 아까부터 리안 님이라 칭하는 저 인간은 그 조건을 받아들였고 거래는 성립되었지. 이

거 약속 맞지?"

"사실입니까?"

"……."

리안의 고개가 힘없이 아래위로 움직였다. 류지의 얼굴은 경악으로 물들었고 라문은 회심의 미소를 지었다.

"불평불만이야 내 전공이니 안 할 수 없겠다만, 이번은 특별히 자제하도록 노력하지. 그냥 하는 말 아니야. 믿어도 좋아."

승리를 확신한 듯 라문이 눈을 찡긋하며 어깨를 으쓱였다.

'하아.'

한숨이 절로 새어 나왔다. 마음 같아선 그런 약속 따위는 무효라고 소리치고 싶었지만, 리안이 행한 것이니 그로서도 어쩔 도리가 없었다.

"……알겠습니다. 라문 님도 함께 가는 것으로 하지요."

허탈한 심정을 애써 감추며 결국 류지가 힘없이 대꾸했다. 그런 류지의 심경을 아는지 모르는지 라문이 고기를 한가득 입에 문 채 물었다.

"긍데 우이 어이오 가?"

"삼키고 말씀하시든가, 뱉고 말씀하시든가 둘 중에 하나만 하십시오. 무슨 말인지 알아들을 수가 없습니다."

"아, 구엥?"

쌀쌀맞은 류지의 말투에도 기분 나쁜 기색 하나 없이 라문이 얌전히 고개를 끄덕이며 목구멍으로 꿀꺽 고기를 넘겼다. 그리고 다시 물었다.

"근데 우리 어디로 가? 갈 곳은 정했어?"

"와리나드로 갑니다."

"와리나드? 거긴 왜?"

"아시란 님의 고향입니다."

"아! 맞아. 사혼기를 맞으러 그곳으로 떠난다는 말을 얼핏 들은 것 같아. 설마 아사가 거기에 있을까?"

"사혼기가 끝나길 기다렸을 테니까요. 모든 일은 사혼기가 끝난 직후에 벌어졌을 겁니다. 아사 님은 분명 그곳에 있을 거예요."

다짐하듯 말하는 류지를 바라보며 리안은 눈빛을 가라앉혔다. 리안의 생각도 같았다.

피를 토할 만큼 심한 부상을 입은 아사가 도망을 쳤다면 얼마나 칠 수 있었겠는가?

틀림없이 녀석은 그곳에 있었다.

* * *

그로부터 사흘 후, 리안은 와리나드에 도착했다. 당초 닷새는 걸릴 거라 예상했지만, 잠과 휴식을 최대한 아낀 결과 단축시킬 수 있었다.

와리나드는 리안이 생각했던 것보다 훨씬 규모가 큰 도시였다. 전체적으로 지대가 평지가 아닌 구릉지였고, 동북쪽으론 고준한 산이, 서남쪽으론 울창한 밀림 지대가 형성되어 있었다.

"저곳이 바로 생명의 숲이라 불리는 곳입니다. 과거, 수많은 생명이 저곳으로부터 태어났다고 해서 붙여진 이름이지요. 하지만 명칭에 비해 그리 안전한 곳은 아니니 조심하십시오. 밀림엔 맹독을 품은 독사와 곤충들로 우글우글합니다."

류지는 시간이 없다는 듯 당도하자마자 빠르게 도시에 대해 설명했다. 가헨은 일행을 대표해서 묵을 곳을 알아보겠다며 자리를 뜨고 없었다.

"저 강은 뭐지? 색이 무지 특이한데?"

묘인족인 라문도 와리나드는 처음이었다. 그가 도시를 횡으로 가로지르는 강물을 신기하다는 듯 쳐다보았다.

"저 강이 바로 그 유명한 서노프 강입니다. 물속에 섞인 불순물 때문에 강물 색이 탁한 하늘빛을 띠지요. 몸에는 해롭지 않다고 들었습니다."

"아아, 서노프 강이 여기에 있는 거였구나."

서노프 강이라면 특이한 강물 색 때문에 묘인국 내에서도 인기가 높은 관광지였다. 라문이 연방 감탄사를 뿜어내며 조금이라도 더 자세히 보고자 강물을 향해 목을 삐죽이 내밀었다.

리안이 타는 듯한 목소리로 중얼거린 것은 그때였다.

"녀석은 어디에 있을까요……."

만고의 노력 끝에 드디어 아사가 있는 땅에 도착했다.

기다리고 기다렸던 시간.

하지만 녀석과 가장 가까워진 지금 이 순간에 리안에게 닥친 것은 기쁨과 설렘이 아닌 초조함과 긴장이었다.

정말 녀석이 이곳에 있을까?

무사하긴 한 걸까?

녀석이 숨은 곳을 찾지 못하면 어쩌지?

등등의 수많은 잡념이 머릿속으로 들어와 리안을 괴롭혔다.

류지는 설명하던 것을 멈추고 리안을 향해 돌아섰다.

"제게 아사 님이 살아 계시다고 말씀하신 건 리안 님입니다. 전 리안 님의 그 말씀을 믿고 여기까지 왔습니다. 그러니 불안해하지 마십시오. 아사 님은 제가 꼭 찾아낼 겁니다."

"어디서요? 전 와리나드가 이렇게 큰 도시인 줄도 몰랐습니다. 어디서부터 시작해야 할지 막막한 심정이에요."

"언제는 막막하지 않은 적 있으십니까? 약물에 취해 정신을 잃고 쓰러졌다가 깨어난 이후로, 전 하루도 막막하지 않은 날이 없었습니다. 그래도 여기까지 왔어요. 필요하다면 도시 전체를 몽땅 뒤져서라도 찾아낼 겁니다. 아사 님은 분명 이곳에 있습니다!"

장담하는 류지의 굳은 음성이 리안의 흔들리는 심리에 안정을 불어넣었다.

류지의 말이 맞았다. 아사에게서 마지막 통신을 받은 이후로 언제 마음 편한 날이 있었던가. 이제 와 이런 걱정을 하는 것은 바보 같은 짓이었다.

이미 녀석은 부상을 당한 채로 많은 시간을 보냈다. 지금은 징징거릴 때가 아니라 한시라도 빨리 녀석을 찾아야 할 때인 것이다.

"죄송합니다."

한순간 감상에 빠졌던 자신을 책망하며 리안이 사과했다. 달라진 리안의 마음가짐에 만족한 듯 류지가 말없이 고개를 끄덕였다.

"나 배고파. 얘기 끝났으면 얼른 가지?"

늘 그렇듯이 새로운 것에 대한 라문의 관심은 오래가지 못했다. 그가 허기진 배를 쓰다듬으며 가헨이 사라진 쪽을 향해 걷기 시작했다.

일을 도모하기 위해서는 무엇보다 체력이 필수다. 리안과 류지도 잠자코 그를 따라 걸음을 옮겼다.

"어라?"

한데 얼마 가지 않아서였다. 갑자기 라문이 발을 멈추고 주변을 휘둘러보았다.

"이상한데?"

류지 또한 좀 전과는 확연히 다른 심각한 표정으로 주위를 살피고 있었다.

"무슨 일입니까?"

"저길 봐."

리안이 묻자 라문이 전방의 한 부근을 눈으로 가리켰다. 그곳엔 갈색 터번을 두른 묘인족 사내 둘이 있었는데, 어째서인지 그들도 이쪽을 바라보고 있었다.

"그리고 저기."

라문은 그들의 반대편도 지목했다. 비슷한 복장의 묘인족 사내 둘이 역시나 이곳을 응시하고 있었다.

"누군지 아는 자들입니까?"

"음, 다는 아니지만 몇몇은 기억나."

대로를 지날수록 일행을 주시하는 눈동자가 점차 늘어났다. 그쯤 되자 리안은 그들이 누구인지 대충 짐작이 갔다.

'아신…….'

보나 마나 그의 수하임이 분명했다.

"아주 쫙 깔렸네, 깔렸어."

아직 도시의 외곽임에도 불구하고 온통 감시의 눈길이었다. 기세가 하나같이 얼마나 흉흉한지 삼엄하다 못해 살벌할 지경이었다.

"아사가 여기에 있긴 있는 모양이군."

라문의 빈정거림에 리안이 덧붙였다.

"그리고 아직 발견하지 못했다는 뜻이기도 합니다."

아사를 찾아내었다면 철수를 해도 벌써 했을 터, 리안의 양손에 불끈 힘이 들어갔다. 희망이 점차 밝아 오고 있었다.

"근데 가헨은 대체 어디까지 간 거야?"

지금쯤이면 충분히 방을 잡고 돌아오고도 남을 시각이었다. 한참을 걸어도 가헨이 보이지 않자 라문이 투덜거리기 시작했다.

"조금 더 가 보지요."

어차피 감시를 피해 방을 잡기는 글렀다. 리안은 라문을 진정시키며 여관이 있을 법한 곳을 찾아 계속 걸었다.

"아, 배고파 죽겠네. 그냥 우리끼리 아무 식당이나 들어가면 안 될까?"

"멀리 가진 않았을 겁니다. 조금만 더 기다려 보죠."

"아놔, 여기서 어떻게 더 기다려! 지금 내가 몇 시간째 굶은 줄 알아?"

"굶은 건 저희도 마찬가지입니다. 아니, 정확히 저희가 한 끼를 더 굶었죠!"

오늘 아침 일행의 마지막 비상식량을 다 털어먹은 게 라문이었다. 그래 놓고선 단지 배가 고팠을 뿐이라고 떳떳하게 말하던 아침의 라문을 떠올리며 류지가 매섭게 눈을 치켜떴다.

"치사하게 그 얘긴 왜 다시 꺼내? 남은 양도 얼마 되지 않았다니깐?"

"양이 얼마가 남았든 일행이 넷인 이상 사 등분을 하는 것이 원칙입니다. 라문 님은 그런 상식도 모르십니까?"

"그래, 안 배워서 모른다. 어쩔래?"

"그럼 이제부터 배워 보시면 되겠네요."

라문의 어린애 같은 대응에 류지가 이번만은 쉽게 넘어가지 않았다. 어디서 그런 용기가 새어 나오는지 대드는 솜씨가 퍽 노련했다.

"응?"

리안의 시야에 가헨의 뒷모습이 들어온 것은 그런 둘의 티격태격이 잠잠해질 무렵이었다.

도시 한복판이었고 지나는 이들이 많아 소리가 잘 들리지 않았지만 분위기가 심상치 않았다. 가헨의 주위를 마치 포위하듯 세 명의 묘인족이 둘러싸고 있었다.

'저들은?'

낯익은 얼굴에 리안의 눈매가 가늘게 모였다. 제복이 아닌 평상복 차림이었지만 리안은 또렷이 기억했다.

그들은 리안을 침묵의 방까지 안내했던 아신의 친위대원들이었다.

"가헨!"

때마침 류지도 가헨을 발견한 듯 목청을 높이며 급히 뛰어갔다.

"무슨 일이야?"

류지를 알아본 친위대원들이 두어 걸음씩 뒤로 물러나며 신속히 예를 갖췄다.

"오셨습니까."

"이놈들 뭐야? 뭔데 가헨 앞을 막고 서 있어?"

"잠시 실랑이가 좀 있었습니다."

"실랑이?"

"네, 빈방을 확인하려고 안에 들어가려는데 갑자기 저들이 앞을 막아……."

"뭐야? 그러니깐 너희들이 내 배를 곯게 한 주범이라 그거지?"

가헨의 음성이 호통 속에 파묻혔다. 어느새 다가왔는지 라문이 시퍼런 눈동자를 빛내며 친위대원들을 향해 일갈했다.

"이런 튀겨 먹어도 시원찮을 놈들!"

그의 계급은 대귀족인 토우. 대원들의 고개가 이전보다 더욱 밑으로 숙여졌다. 그들이 그러거나 말거나 라문의 노성은 계속되었다.

"지금 내가 얼마나 배가 고픈지 알아? 타고난 정신력이 없었다면 벌써 바닥에 쓰러지고도 남았어! 네놈들이 뭔데 여길 틀어막고 있는 거야? 니들이 여기 주인이냐? 엉?"

식사가 늦어진 게 전부 그들의 탓인 양 라문은 진심으로 화를 내고 있었다.

"우와! 이것들이 내가 이렇게까지 말하는데도 가만히 있네. 니들 당장 썩 안 비켜?"

"죄송하지만 라문 님, 그건 안 될 것 같습니다."

라문의 벼락같은 호령에 대원들이 움찔 몸을 떨 때, 돌연 묵직한 말소리가 그들 사이로 껴들었다. 라문의 이마에 굵은 주름살이 생긴 반면, 대원들의 얼굴이 반색으로 물들었다.

'엇?'

목소리의 주인공은 뜻밖에도 리안이 아는 자였다. 본의 아니게 리안 때문에 태형을 당한 적이 있는 아신의 친위대를 이끄는 수장, 유린이었다.

태형으로 인한 상처는 이미 치유가 된 듯 그의 상태는 괜찮아 보였다. 만난 적이 있음에도 리안에게는 눈길 한 번 주지 않고 그가 라문 앞에 가 섰다.

"호오, 이게 누구야?"

아신의 사촌답게 평소 안면이 있는 듯 라문이 밝은 음색으로 그를 맞았다. 하지만 유린이 인사를 마친 순간 라문의 태도는 싹 달라졌다.

"그런데 안 된다고? 내 신분이 언제부터 일개 수호묘에게 명령을 들어야 할 만큼 망가진 거지?"

"오해하지 마십시오. 제가 어찌 감히 라문 님께 명령을 내릴 수 있겠습니까. 노여우셨다면 사과드립니다."

유린이 즉시 몸을 숙여 사죄했지만 라문의 기분은 전혀 풀어지지 않았다. 그에게선 토우에 대한 예우나 공경이 조금도 느껴지지 않았다.

"말이 앞뒤가 맞지 않는군. 그럼 방금 전엔 날 왜 막은 건데?"

"막다니요. 저는 단지 이미 여관의 모든 빈방을 저희가 접수했으니 괜한 걸음 하지 마시라는 뜻에서 드린 말씀입니다."

"있잖아. 아까도 한 번 물어본 건데, 너희가 여기 주인이냐?"

"……?"

"방이 있다 없다는 손님이 물어볼 때 주인이 하는 대사잖아. 왜 그걸 너희가 대신해? 니들 여기다 단체로 여관이라도 차렸어? 엉?"

"라문 님, 저희는……."

"그리고 말이야. 빈방이 없다고 하면 우리야 그냥 돌아가면 되는 건데, 왜 들어가지도 못하게 막아? 그건 마치 우리를 주인과 만나지 못하게 하려는 수작 같잖아! 너희들 정말 여기 접수한 거 맞아? 그래?"

라문의 날카로운 시선이 처음 가헨과 시비를 붙었던 대원들을 향해 쏘아졌다. 그러자 도둑이 제 발 저린 것처럼 그들이 어깨를 들썩이며 눈을 내리깔았다.

그에 당연하다고 막 답하려던 유린의 입술이 애꿎은 헛바람만 삼켰다.

"……죄송합니다."

그것으로 파악은 끝이었다. 보아하니 가헨과 친위대 간의 시비는 방을 잡기 전에 붙은 것이고, 유린은 수하들이 돌아오지 않자 방을 구했다고 짐작하고 이리로 왔으리라.

"가헨."

라문은 씩 웃으며 가헨에게 눈짓했다. 기다렸다는 듯 가헨이 쏜살같이 안으로 뛰어 들어갔다. 그리고 잠시 후, 환한 낯빛으로 돌아왔다.

"이야, 드디어 방을 구한 건가?"

"네, 바로 들어가시면 됩니다. 시장하신 듯하여 식사도 미리 준비시켰습니다."

"좋아! 그럼 어디 먹으러 가 볼까?"

식사 얘기가 나오자 모든 상황을 잊은 듯 라문이 곧장 여관으로 향했다.

유린의 눈치를 살피느라 벌벌 떨고 있는 대원들을 잠시 측은한 눈길로 바라보다가, 리안도 류지와 함께 곧 안으로 들어갔다.

"어서 오십시오! 환영합니다!"

"당신 여관 주인 맞지?"

"네, 제가 여기 주인입니다요!"

여관의 주인은 예상과 달리 젊고 꽤 잘생긴 묘인족 청년이었다. 그가 라문의 물음에 반갑게 화답하며 일행을 중앙의 가장 큰 테이블로 안내했다.

인간인 리안의 체향을 맡은 것인지 일순간 실내의 모든 시선이 일제히 리안에게로 쏠렸다. 약속이라도 한 듯 단체로 코를 킁킁대는 모습들이 재미있는 한편 오싹하기도 했다.

다행히 일행의 신분이 신분인지라 다들 호기심만 보일 뿐

접근하는 이들은 없었다. 계급을 써 붙이고 다니지 않아도 상대를 알아보는 것은 이곳이나 인간 세상이나 비슷했다.

"빈방이 몇 개나 남았지?"

바깥에 비하면 안은 많이 한산한 편이었다. 라문이 자리에 앉으며 묻자 주인이 공손한 말투로 대답했다.

"마침 단체 손님들이 막 방을 빼신지라 여분의 방이 좀 있습니다. 혹, 일행이 더 오실 예정이십니까?"

"일행은 아니고 그냥 불쌍한 친구 정도라고 해 두지."

"예? 그게 무슨……?"

"밖에 나가 보면 알 거야. 가서 빈방 있다고 하면 기뻐서 날뛸지도 모르니 조심하고."

"아, 감사합니다!"

뒤늦게 말뜻을 알아들은 주인이 환하게 웃으며 물러났다. 그와 동시에 류지가 날 선 음성을 터뜨렸다.

"지금 뭐하시는 겁니까?"

"내가 뭐?"

"여관 주인을 이용해 저들을 이리로 끌어들이고 있지 않으십니까? 설마 저들이 누군지 모르시진 않을 텐데요?"

"모르기는, 아주 잘 알지. 아신 형의 친위대잖아."

"그런데 빈방이 있다고 알려 주신 겁니까?"

"응, 방이 없어 고생하는 것 같아 좀 도와줬어. 왜, 안 돼?"

천진한 얼굴로 답하는 라문을 보며 류지는 뻣뻣해지는 뒷목을 주물렀다.

"그걸 지금 말이라고 하십니까? 저희가 여기에 왜 왔는지 벌써 잊으셨어요?"

"아니, 기억하기 때문에 아신 형도 이리 부른 거거든?"

"그건 또 무슨 말씀입니까?"

류지가 눈살을 찌푸리자 라문이 잘 들으라는 듯 목소리를 낮추며 설명했다.

"주위가 아신 형 수하들로 쫙 깔렸으니 어차피 감시를 벗어나기는 틀렸어. 자, 그럼 생각해 보라고. 도망갈 수 없다면 어떻게 해야 할까? 전법을 배웠다면 다들 알 거야. 이 상황에서 가장 좋은 수가 무엇인지."

"……정보를 캐내자. 그런 뜻입니까?"

"응, 바로 그거야! 어때? 괜찮은 방법이지?"

리안과 류지가 서로를 돌아봤다. 다소 위험도가 높긴 하지만, 라문의 말처럼 정보를 빼내기엔 더할 나위 없이 훌륭한 찬스였다.

하지만 이쪽에서 그럴 수 있단 얘기는 상대 측도 가능하단 소리였다.

"말씀하신 바는 알겠습니다. 그러나 저들이 먼저 우리의 뒤통수를 칠 수도 있습니다."

"알아, 그러니까 조심해야지. 그래도 유리한 건 우리야. 다수 대 넷. 과연 어느 쪽이 실수할 확률이 높을까?"

물으나 마나 한 질문이었다. 어디 실수 하나뿐인가. 정보가 새어 나갈 시 막아야 할 입 또한 저쪽이 훨씬 많았다.

"아신 형의 수하가 널린 판국에 어째서 형의 친위대가 빈방을 잡기 위해 이 소란인지는 알 수 없지만, 어쨌든 좋은 기회야. 운이 좋으면 아사의 행방까지도 알 수 있을걸?"

"저쪽에서 먼저 찾는다면 말이죠."

"저희가 이곳에 묵는다는 걸 알고서도 저들이 이리로 오겠습니까?"

리안의 물음에 답한 건 가헨이었다. 그가 늦게까지 방을 구하지 못한 것에 대해 처음으로 입을 열었다.

"아마 이곳으로 오실 수밖에 없을 겁니다. 제가 다녀본바 주변에 이미 남아 있는 방이 없었습니다."

"원래 이렇게 방을 구하기가 힘든 도시인가요?"

"그렇지 않습니다. 오히려 관광객이 많아 숙박 시설에 여유가 있는 편입니다."

"그렇다면 아사 때문이겠군요."

보이는 건물마다 족족 아신의 수하들로 가득했다. 녀석을 찾기 위해 얼마나 많은 인원을 동원한지는 알 수 없지만, 본인조차 방이 없어 구하지 못하고 있는 처지라니 참 우스웠다.

명령 하나면 수하들을 내몰고 숙박을 해결할 수 있을 텐데도 그러지 않는 그의 처사가 갸륵하기도 했다.

'그만큼 아사를 찾고 싶은 걸 테지.'

어떤 식으로든 결코 좋아질 수 없는 사내였다.

"어? 아신 형!"

호랑이도 제 말 하면 온다고 했던가?

별안간 등 뒤로 거센 파장이 느껴졌다. 사흘 전 처음으로 접했던, 이제는 낯설지 않은 기운. 아신의 등장에 실내는 고요 속에 잠겼다.

리안은 일부러 돌아보지 않았다. 아신에게 다시금 자신을 노출하고 싶지 않은 탓이다.

그러나 그러기엔 이미 늦은 듯 뒤에 와 닿는 눈길이 따가웠다. 돌아보지 않아도 알 수 있었다. 아신은 다른 이들이 아닌 바로 자신을 보고 있었다.

'생각보다 일찍 들키겠군.'

일전의 궁금함을 되처 떠올리며 리안은 천천히 돌아섰다. 전과는 다른 복색이었지만, 흑발에 금색 터번을 두른 백안의 미남자가 리안을 보며 싱긋거렸다.

아신.

리안은 그렇게 사흘 만에 다시 아신을 만났다.

제6화

소문

"형, 오랜만이야!"

반갑게 손을 흔들며 라문이 먼저 인사했다.

줄곧 리안을 향해 있던 아신의 시선이 그제야 사촌에게로 옮겨 갔다. 이미 전달을 받은 듯 그는 라문을 보고도 그리 놀라는 기색이 아니었다.

"라문, 여긴 어쩐 일이야?"

왕족에 대한 예를 갖추려는 이들에게 손을 들어 제지를 표하며 아신이 일행 쪽으로 다가왔다.

끓어오르는 화를 삭이지 못해 류지의 눈동자가 짙은 노란빛을 띠었지만, 다행히 잘 견디고 있었다.

"볼일을 좀 보러 왔어. 형은?"

"나도 처리해야 할 일이 있어서 잠시 들렀어."

처리라고?

류지의 어깨가 꿈틀거렸다. 리안 또한 입술을 깨물며 주먹을 말아 쥐었다. 그에 아신의 뒤에 시립하고 있던 친위대원들이 일제히 살기를 드러냈다.

"그만."

당장에라도 류지와 리안을 향해 달려들 것 같던 그들이 아신의 한마디에 조용히 뒤로 물러났다.

그런 그들의 얼굴에는 아신에 대한 충성심만이 있을 뿐, 어떤 불만도 읽을 수 없었다.

"오늘 도착한 거야?"

어색해진 분위기를 타개하고자 라문이 서둘러서 물었다. 아신이 아무 일 없었다는 듯 고개를 끄덕이며 답했다.

"너도 이제 온 건가?"

"응, 방금 전에. 얘기 들었지?"

라문이 턱으로 유린을 가리키자 아신이 피식 웃었다.

"튀겨 먹어도 시원찮을 놈이라고 했다면서?"

"그걸 그대로 가서 전해?"

"아니, 어쩌다 보니 듣게 된 거야. 게다가 그건 라문 네가 자주 하는 욕이기도 하잖아?"

"내가?"

"그래, 이젠 식상하니까 다른 것 좀 개발해. 별로 무섭지도 않다."

"칫, 알았어."

어쩐지 낯선 풍경이었다. 아신이나 라문이나, 리안이 알던 이들이 맞는지 순간 헷갈렸다.

못된 아이처럼 제멋대로만 굴던 라문이 지금은 그저 귀여운 동생 같았고, 냉엄함을 벗어던진 아신은 말 그대로 자상한 형을 보는 듯했다.

아사, 그 녀석에게도 이렇게 대했을까?

그러다 헌신짝 버리듯 내팽개친 것이고?

다정한 둘의 모습을 보고 있으니 리안은 문득 아사가 떠올랐다. 한순간에 변해 버린 형 때문에 얼마나 아프고 힘들었을까.

녀석이 어떤 충격을 받았을지는 굳이 상상하고 싶지 않았다.

과거보다는 현실이 중요했다.

형은 잃었지만, 이제 녀석에게는 리안을 비롯한 많은 친구들이 있었다.

"또 들끓는군."

상처 입은 아사를 생각하자 자연스레 마나가 요동쳤다. 그것을 이번에도 놓치지 않고 지적하며, 아신이 리안을 향해 돌아섰다.

"그건 자제가 안 되는 건가, 아니면 나만 보면 그러는 건가?"

"엑? 둘이 아는 사이야?"

아신이 들어오면서부터 내내 리안을 신경 쓰고 있다는 것을 라문도 진즉 느끼고는 있었다. 하지만 그것이 단순히 리안이 인간이라서 그런 줄 알았지, 설마 둘이 아는 사이일 거라고는 짐작조차 못했다.

"글쎄, 안다고 해야 하나?"

"어떻게 아는데?"

"그건 내가 아니라 여기 리안 군에게 물어보지그래."

"헐! 이름도 알아?"

아신이 리안의 이름까지 말하자 라문은 물론 류지와 가헨의 눈이 휘둥그레졌다.

묘인국에 들어온 지 며칠 되지도 않은 리안이 언제 어디서 아신과 만난 건지 궁금해지는 순간이었다.

"이름을 기억하고 계실 줄은 몰랐네요."

이름마저 나온 상황에 더 이상 입을 닫고 있을 순 없었다. 리안은 예의상 가볍게 머리를 숙이며 차갑게 대꾸했다.

"훗, 여전하군."

리안의 적대감이 아직 사라지지 않았다는 사실에 아신은 묘한 쾌감을 느꼈다.

지난번에도 느꼈지만 역시나 흥미로운 인간이었다. 대부분의 인간들이 자신과는 눈도 제대로 마주치지 못하는 반면, 리안은 시종일관 적의를 표출했다.

묘인족이었다면 결코 일어날 수도, 만일 일어난다 해도 용납할 수 없는 작금의 상황을 인간이라는 이유만으로 아신은 넘어가고 있었다.

"무슨 뜻입니까?"

아신이 히죽거리자 리안은 마치 그가 자신을 비웃는 것 같아 기분이 나빴다. 쇳소리를 내는 리안에게 그가 타이르듯 말했다.

"아무 뜻도 없으니 흥분하지 마. 난 그냥 기억력이 좋다는 얘길 하려던 것뿐이니까."

"……."

"그보다 류지와 함께인 걸 보니 그날 일이 잘 풀린 모양이지?"

"덕분에요."

아신에게 고맙단 말 따위는 하고 싶지 않았지만 무심결에 튀어나오고 말았다.

"그날이라니? 설마 아신 형, 그날 거기에 갔던 거야?"

그때 둘의 대화를 잠자코 듣고 있던 라문이 놀란 듯 끼어들었다.

"그랬다면?"

인정이나 다름없는 대답에 라문의 표정이 굳어졌다.

"형이 그 시간에 거긴 왜……?"

류지의 아버지는 원로원의 장로였다. 장로라 함은 원로원의 수장이기도 하지만, 여러 분야에서 중요한 결정권을 가지고 있다.

샤하의 후계자가 밤늦은 시각에 그런 장로의 저택을 몰래 방문했다는 것은 결코 가벼이 여길 수 없는 처사인 것이다.

"그가 샤하가 될 자격이 있다면 말이죠."

사흘 전 리안이 했던 말이 섬광처럼 라문의 뇌리를 스쳤다. 절대 그래서는 안 된다고 생각하면서도, 한쪽 뇌에서 신호가 깜박였다.

정말 형에게 문제가 생긴 것일까?

그래서 녀석을 제거하고 류하 장로와 비밀 회동을 한 것일까?

아신과 리안의 만남에 대한 의문은 풀렸지만, 더 큰 의구심이 라문을 어지럽혔다.

"용건이 있었어."

그런 라문의 속을 알 리 없는 아신은 지나가듯 내뱉었다.

"무슨 용건이요? 혹시 아버지께서 무슨 일이 있더라도 저는 꼭 살려 달라고 하시던가요?"

류지였다. 아신의 입에서 본인의 이름이 거론된 순간부터 류지는 분노하고 있었다. 그러다 아신이 류하 장로와의 만남을 간접적으로나마 시인하자 결국 폭발했다.

"잘 들으십시오. 장담하건대 뜻한 바를 이루시려면 아마 저를 가장 먼저 죽이셔야 할 겁니다. 제가 살아 있는 한, 누구도 아사 님을 건드리지 못할 테니까요. 만일 아사 님이 돌아가셨다면 그 또한 대가를 치르게 하고 말 겁니다!"

"류지!"

아신에게 폭언을 하는 거야 류지의 자유였다. 하나, 빈말이라도 아사가 죽었다는 얘기는 듣고 싶지 않다.

"아사는 반드시 살아 있어요! 그런 말씀 하지 마세요!"

리안이 고성을 내지르자 본인도 놀란 듯 류지가 바로 사죄했다.

"죄송합니다. 실언했습니다."

그리고 그 순간, 아신의 미간에 잔주름이 잡혔다. 기실 이제껏 그는 리안을 류지하고만 연결시키고 있었다. 인간 세상에서 살다 온 류지이니 충분히 그럴 수 있다고 여겼다.

그러나 방금 전 둘의 대화를 들으니 관련이 있는 것은 둘뿐만이 아닌 듯하다.

아사.

자신의 하나뿐인 동생.

분명 녀석도 이들 사이에 존재했다.

"너였군."

비로소 의문이 풀렸다. 자신에 대한 리안의 적대감. 그것은 다름 아니라 아사로부터 비롯된 것이었다.

"……?"

아신이 갑자기 자신을 지목하자 리안은 고개를 들어 그를 바라봤다.

무슨 까닭인지 그가 매우 복잡한 눈빛으로 자신을 내려다보고 있었다.

"아사를 살려 준 인간이 마법사라고 들었다. 그게 너인가?"

"……!"

"대답하라."

당황한 리안이 말이 없자 아신이 명령했다. 그의 음성은 마치 경고 같았다. 아사를 살려 준 인간이 정말 너라면 가만두지 않겠다는 경고.

그래서일까.

리안은 돌연 오기가 돋았다.

"그렇다면 어떻게 하실 겁니까?"

"바라는 것이라도 있나?"

"있다면요?"

"고마움의 뜻으로 기꺼이 들어주지."

'고마움?'

미소 짓고 있는 아신의 얼굴을 주먹으로 쳐내고 싶은 것을 겨우 참아내며 리안이 도전적으로 말했다.

"그럼 철수하시는 건 어떻습니까?"

"철수?"

"네, 묘인국에 유명한 관광지가 여기뿐은 아니지 않습니까? 체면도 있으실 텐데 괜히 이런 곳에 머물지 마시고, 수도로 돌아가시는 게 낫지 않나 싶습니다."

"그러니까 아사를 살려 준 대가로 내가 여기서 떠나길 바란다, 그 뜻인가?"

"정리하자면 그렇습니다."

당돌한 제안이었다.

아무리 아신의 허락이 있었다지만, 이곳에서 리안은 일개 인간일 뿐이었다. 감히 샤하의 아들에게 철수를 하라 마라 논할 수 있는 위치가 아닌 것이다.

아신의 명에 의해 조용히 자리를 지키고 있던 친위대원들이 다시금 서슬 퍼런 기세를 내보였다.

그러나 정작 아신은 속으로 웃음을 삼키고 있었다.

"뱉은 말은 지키고 살아왔는데 오늘은 안 되겠군."

바라는 것이 있다면 들어주겠다는 말은 진심이었다. 하지만 리안은 지금의 그가 들어줄 수 없는 딱 한 가지를 말하고 있었다.

"다른 건 없나?"

"없습니다."

리안도 딱히 바라고 한 말은 아니었다. 그가 이대로 돌아가지 않으리라는 것은, 리안도 알고 모두가 아는 사실이었다.

"좋아, 그럼 대신 힌트를 주지."

'힌트?'

리안이 이해하지 못한 표정을 짓자 아신이 턱을 들며 물었다.

"이곳에 녀석을 찾기 위해 온 것 아닌가?"

리안과 류지의 숨이 동시에 멈췄다. 무슨 수작인지는 몰라도 그가 아사의 행방에 대해 말하려 하고 있었다.

"온 도시를 다 뒤지고도 녀석을 찾지 못했다. 가능성이 남은 곳은 이제 하나지. 태곳적부터 수많은 생명이 잉태되고 자라는 곳, 바로 생명의 숲이다."

"생명의 숲……?"

그에 대해서라면 오늘 낮, 도시에 들어서면서 류지에게 대충 들어서 알고 있었다. 온갖 사나운 짐승과 특이한 식물은 물론이고, 맹독을 지닌 독사와 곤충이 많아 날렵한 묘인족들조차도 꺼린다고 하였다.

그뿐인가.

아직까지도 정확한 숲의 총면적을 모를 만큼 크기가 방대한 데다가, 숲 자체가 살아서 움직인다는 이상한 말까지 있었다.

'그런 한복판에 아사가 있다고?'

아신의 태도로 봐서 거짓은 아닌 것 같았다. 그가 왜, 어째서, 무슨 이유로 이러한 정보를 주는지는 알 수 없지만, 그의 의도 따위는 지금 중요치 않았다.

아사가 있는 곳을 알아냈다는 사실만이 리안의 가슴을 뛰게 할 뿐이었다.

* * *

아신과 헤어지고 일행은 즉시 방으로 자리를 옮겼다.

식사를 마저 끝내야 한다며 라문이 잠깐 우겨대긴 했으나, 음식을 방으로 옮겨 주겠다는 여관 주인의 친절한 말에 곧 진정했다.

"됐습니다."

문만 열고 나가면 사방이 묘인족이었다. 리안은 음파 차단 마법을 이중으로 친 후에야 안심하고 착석했다.

"신기한 막이네."

역시 기감이 발달한 묘인족답게 눈에 보이지 않음에도 라문은 쉽게 알아봤다. 그가 손가락으로 허공의 어느 한 지점을 콕콕 누르며 혼자서 킥킥거렸다.

그런 라문을 잠시 한심하다는 듯 바라보다가 류지가 운을 뗐다.

"리안 님 생각은 어떠십니까? 아사 님이 정말 생명의 숲에 있다고 여겨지십니까?"

"일단 거짓말 같지는 않았습니다. 어째서 그런 사실을 가르쳐 준지는 알 수 없지만요."

"아신 형은 거짓말 같은 거 하지 않아. 그러니 진짜일 거야."

막에서 관심을 돌린 라문은 잘 익은 과일 하나를 집어 한입 덥석 베어 물었다. 그러자 웬일로 라문의 뜻에 동의한다는 듯 류지가 고개를 끄덕이며 덧붙였다.

"사실 아사 님이 살아 있다면 숨어 있을 가능성이 제일 큰 곳이 생명의 숲이라고 저도 생각해 오던 차였습니다. 위험도가 높다는 건 그만큼 은신하기에 적합하다는 뜻과도 같으니까요. 아마 다른 곳에 숨어 계셨다면 발각이 됐어도 벌써 되었을 겁니다."

"그의 저의는 무엇일까요?"

"그건 뻔합니다. 저희로 하여금 아사 님을 찾게 한 뒤 가로챌 속셈이겠죠."

"고작 넷인 우리한테 그런 기대를? 류지, 너무 착각이 심한 거 아니야?"

"착각이요? 라문 님은 저렇게 많은 인원이 도시만 훑었다고 생각하십니까? 대로를 지나면서 본 자들 대부분이 도시가 아닌 숲에 어울리는 차림을 하고 있었습니다. 그건 곧 숲을 수색하고도 아사 님을 찾지 못했다는 뜻이죠."

"그래서?"

어느새 라문의 손에는 과일의 씨만 남았다. 그가 문 옆의 휴지통으로 씨를 던져 넣은 뒤 탁자 위로 턱을 괴고 엎드렸다.

"암만 뒤져도 나타나지 않는 상대라면, 라문 님의 경우 어떻게 하시겠습니까?"

"글쎄, 이름이라도 크게 부르면 나오려나?"

"잘 아시네요."

"엉? 맞춘 거야?"

"네, 하지만 누가 부르느냐가 관건입니다. 생각해 보십시오. 아사 님께서 누가 불러야 나오시겠습니까?"

그제야 류지의 말을 이해한 듯 라문의 얼굴에 변화가 일었다.

"찾으려 하면 할수록 꼭꼭 숨어 버리는 상대를 불러내기 위해선 같은 편이 가는 것이 정답입니다. 그래야 스스로 나올 테니까요. 이제 아신 님이 왜 저희에게 정보를 흘렸는지 아시겠습니까?"

"그건 너무 치사한 방법이잖아. 아신 형이 그럴 리 없어!"

"하나뿐인 동생을 죽이려는 것 자체가 이미 치사하고 더러운 짓입니다. 무엇을 더 못할까요?"

쐐기를 박는 류지의 마지막 말에 라문은 그저 멍하니 입만 벙긋거렸다.

"형제라면서 아사와는 참 하나도 안 닮았군요."

죽어 가면서까지 형을 위하던 아사였다. 묘인국으로 떠나기 전 녀석의 했던 말이 떠오르며 리안은 자기도 모르게 울컥했다.

"리안 님도 아시다시피 아사 님과 아신 님은 어머니가 다릅니다. 저희 묘인국에선 별로 드문 일도 아니지요. 여하튼 그 때문인지 두 분 모두 샤하의 자식이지만 어려서부터 여러 면에서 다르셨습니다."

"저도 미리 듣지 못했다면 형제라고는 상상도 못했을 겁니다. 성품이야 저마다 특색이 있는 거라지만, 모습이 하나도 닮지 않았더군요."

아사가 태양이라면 아신은 달이었다. 빛을 뿜어내는 황금색 고양이와 칠흑처럼 어두운 까만 고양이. 아무리 배가 다른 형제라지만 그들은 너무도 극명하게 갈렸다.

"네, 아사 님이 샤하를 빼닮은 반면 아신 님은 아게르 님의 외모를 많이 물려받으셨죠."

이름이 아로 시작하면 신분이 왕족인 에크다. 리안이 설명을 바라는 눈빛으로 쳐다보자 류지가 말을 이었다.

"아게르 님은 샤하의 동생이십니다. 여기 라문 님과 같은 원로이시죠."

"아사에게 숙부가 있었습니까?"

처음 듣는 얘기였다. 샤하의 동생이라는 타이틀에 원로이기까지 하다면 묘인국 내에서도 꽤 중한 위치일 텐데, 어째서인지 아무도 리안에게 그에 대해 말해 주지 않았다.

"네, 외형이나 성격 등 모든 면에서 아신 님은 숙부인 아게르 님과 많이 비슷하십니다. 자식이 없는 아게르 님께선 그런 아신 님을 유독 예뻐하셨죠."

"그래서 류지 너도 우리 고모가 바람을 피웠다는 얘길 하고 싶은 거냐?"

라문이 불쾌함을 드러내며 대화에 끼어들었다. 난데없는 바람 얘기에 리안은 인상을 찌푸렸고, 류지는 고개를 저으며 부정했다.

"전 그저 닮았다는 말씀을 드린 것뿐입니다. 오해하지 마십시오."

"거짓말하지 마. 이제 보니 너, 그 이상한 소문 믿고 아사 녀석에게 붙어 있었던 거지? 엉?"

"소문은 그냥 소문입니다. 라문 님은 제가 그런 확인되지 않은 사실을 믿을 만큼 멍청해 보이십니까?"

"그래, 내 눈에는 멍청하다 못해 아주 미련해 보인다. 그러니까 여기서 이러고 있지."

"지금 말씀 다하셨습니까?"

자극적인 말이 오가며 분위기가 순식간에 싸해졌다. 리안은 재빨리 둘을 떼어 놓으며 소문에 대해 물었다.

"두 분 잠시만요. 이상한 소문이라니, 정확히 그게 무슨 말씀입니까?"

"저리 비켜 봐!"

그러나 리안의 요청은 소란 속에 파묻혔다. 라문이 허리에 손을 얹고 류지를 향해 턱을 들었다.

"그래, 나 말 다했다. 그래서 류지 네가 어쩔 건데?"

"말씀을 그렇게밖에 못하십니까?"

"내가 이렇게 말하는데 네가 보태 준 거 있어? 엉?"

"저기, 그건 제가 설명해 드리겠습니다."

서로를 노려보며 싸우느라 리안은 안중에도 없는 둘을 대신해서 고맙게도 가헨이 나섰다. 그는 라문을 앞에 두고 이런 말을 한다는 게 죄스럽다는 듯 잠시 눈치를 살피다가 입을 열었다.

"도련님이 이미 말씀하신 것처럼 아신 님과 아게르 님은 마치 부자간처럼 보일 정도로 외모가 유사하십니다. 해서 좋지 않은 소문이 잠시 돈 적이 있지요."

"부자지간이라면 설마 그 소문이란 게……?"

단어에서 딱 감이 왔다. 리안이 놀란 얼굴로 눈을 깜박이자 가헨이 긍정했다.

"예, 아라다 님이 샤하 몰래 아게르 님과 바람을 피워 낳은 아기가 아신 님이라는 소문이었습니다."

"……!"

이것이었나?

리안은 불현듯 한 가지 가설이 떠올랐다. 이 소문이 사실이라면 아신에게는 샤하가 될 자격이 없다. 아사가 존재하지 않는다면 모를까.

아게르의 피를 이은 아신은 아사가 있는 한, 후계자 자리에서 한 계단 내려서야 한다.

라문이 버럭 소리쳤다.

"그건 단순한 소문일 뿐이야! 그게 사실이었다면 샤하께서 가만히 있었을 리가 없잖아! 다 헛소리라고!"

"가헨이나 저나 소문이라고 했지, 사실이라고 하지 않았습니다. 저희는 그저 리안 님께 설명을 했을 뿐입니다!"

"아니요, 저는 이게 진실 같습니다."

라문과 류지의 움직임이 동시에 뚝 멈췄다. 그들이 무슨 소리냐는 듯 리안을 돌아봤다.

"라문 님, 혹 기억하십니까? 제가 류지를 빼내러 가면서 했던 말들 말입니다."

"아니, 다 까먹었는데 딱 하나 생각나는 건 있지. 전부 쓸데없는 얘기였다는 거. 이미 말했지만, 그냥 소문이야. 뒷말하기 좋아하는 놈들이 거짓으로 꾸며낸 이야기라고."

"거짓이 아닐 수 있단 생각은 한 번도 해 보지 못하셨습니까? 강한 힘을 타고난 데다가 샤하의 자질까지 충만한 그가 왜 약해 빠진 동생을 그토록 죽이지 못해 안달이 났는지, 그것에 대해 깊게 생각해 보신 적 있으세요?"

"리안 님, 그 점은 사실일 가능성이 매우 희박합니다. 말도 안 되는 소문은 과거에도 늘 있어 왔던 일입니다."

라문의 편을 들고 싶지는 않았지만 류지도 가만히 있을 순 없었다. 그가 사실이 아님을 다시 한 번 강조했다.

하지만 리안은 굽히지 않았다.

"아니요, 이로써 모든 게 정리되는 느낌입니다. 아무것도 갖지 못한 녀석에게 그렇게도 잔인하게 구는 이유가 도대체 무엇일까 많이 고민했습니다. 그런데 이제 해결이 되었네요. 아신은 자신의 출생이 드러났을 시를 대비해 아사를 제거하려는 것이 틀림없어요. 그는 샤하의 자식이 아닙니다!"

"망상이 아주 하늘을 찌르는군. 네놈도 팔다리가 부러져 봐야 제정신 차릴 타입이지?"

"소문에 대해 떠들던 자들이 다 그리되었습니까?"

"아신 형에게 사드라고 아주 능력 좋은 수하가 있었거든. 당시 소문이 퍼졌을 때, 그 녀석이 모두 찾아가서 대대적인 응

징을 가하고 돌아왔지. 조심하는 게 좋을 거야. 아신 형에 대해서라면 아주 끔찍한 놈이니까."

사드라면 리안도 기억난다.

아신의 오른팔이었다가 아사를 놓친 죄로 한쪽 팔을 잘리고 내쳐진 인물. 야킨의 말로는 이후로 그는 어디로 갔는지 찾을 수가 없다고 했다.

"사드라는 자는 아신이 버린 걸로 알고 있습니다. 어디 있는지도 모르는 그가 과연 절 찾아오겠습니까?"

"인간 주제에 정보가 빠르군. 맞아, 사드는 이제 더 이상 아신 형의 친위대가 아니야. 아까 본 유린이란 자식이 대신 그 자리를 꿰찼지."

유린보다는 사드가 좋았다며 구시렁거린 뒤 라문이 이어 말했다.

"하지만 내 충고를 받아들이는 게 이로울 거야. 사드라면 언제 어디서든 아신 형을 위할 테니까."

"본인이 버려졌음에도 말입니까?"

"잘못한 것에 대한 대가이니 어쩔 수 없잖아?"

"그 잘못이 아사를 놓친 거라는 건 알고 계십니까?"

"아신 형은 원래 실수에 인정을 두지 않아. 난 그게 샤하의 덕목이라고 생각해."

강한 자만이 살아남는 약육강식의 세계라고 하더니 그 말이 정말 맞는 모양이었다. 용서가 없는 왕을 두고 찬양을 하다니.

리안이 아는 한, 용서란 올바른 군주가 반드시 갖춰야 할 중요한 덕목 중 하나였다.

'사상과 이념이 이렇게 다른데 무슨 이야기가 더 필요할까.'

리안은 라문과 말 섞기를 포기하고 항복을 선언했다. 아신이 샤하의 자식이든 아니든, 리안에게 변하는 것은 없었다.

아사를 찾아 무사히 이곳을 빠져나가는 것.

리안에게 주어진 과제는 그것뿐이었다.

제7화

생명의 숲

숲을 이기려는 자 죽을 것이고
숲을 해하는 자 숲의 심판이 있으리라.
하나 숲을 믿는 자 살 것이며
숲에 순응하는 자 숲의 축복을 받으리라.

푹신한 침대에서 하루를 푹 쉰 일행은 만반의 준비를 갖추고 생명의 숲 앞에 당도했다. 도시 안에서 숲으로 향하는 길목은 총 일곱 군데가 있었는데, 그중 일행이 택한 곳은 서노프 강이 지나는 곳이었다.

"무시무시한 경고판이군."

갈색 나무판자에 멋대로 휘갈겨 쓰인 필체는 기분 탓인지 음울한 분위기를 풍겼다. 라문이 고개를 절레절레 젓더니 배낭을 짊어지고 앞장서서 걸어갔다.

"입구라서 그런지 길이 제법 다져져 있네요. 얼마 정도는 편하게 이동할 수 있겠습니다."

"그건 두고 보시면 아실 겁니다."

리안을 지나쳐 먼저 숲으로 들어가는 류지의 표정은 사뭇 비장했다. 리안은 잠시 의아한 눈빛을 지었다가 얼른 따라붙었다.

"류지, 이곳이 처음이 아닌가요?"

"두 번째입니다."

"아, 그래요? 진작 말하지 그러셨어요! 일행 중 경험자가 한 명이라도 있다니 다행입니다. 갑자기 든든해지네요."

"고작해야 동식물 몇 개를 알아보는 수준일 겁니다. 그 정도는 생명의 숲에선 별로 큰 도움 거리도 못 되죠. 그리고 경험자는 저 하나만이 아닙니다."

류지가 뒤를 힐긋거리자 일행 중 가장 큰 짐을 등에 이고 있는 가헨이 웃음 띤 얼굴로 다가왔다.

"지난번 일을 벌써 잊으셨습니까? 때론 동식물을 알아보는 것만으로도 큰 도움이 되는 곳이 바로 여기 생명의 숲입니다. 그걸 잊으시면 안 됩니다, 도련님."

"그 말씀은 그럼 가헨 님도 와 보신 적이 있다는 건가요?"

놀라는 리안에게 류지가 대신 나서서 답했다.

"저보다는 가헨의 활약을 기대하셔야 할 겁니다. 가헨이 나고 자란 곳이 바로 이곳이니까요."

"그게 정말입니까?"

뜻밖의 소식이었다. 리안이 입을 벌리며 돌아보자 가헨이 손을 저으며 겸손하게 말했다.

"그렇게 보지 마십시오. 남들보다 경험이 조금 더 많을 뿐, 생명의 숲은 언제나 낯선 곳입니다."

"낯설다니요. 그래도 여기가 고향이시면 지리나 특성에 대해 많이 아실 거잖아요. 전 그럼 가헨 님만 믿겠습니다. 잘 부탁드려요."

"아이고, 아직 모르시는 모양입니다."

"네?"

"오늘 야영 준비물을 챙기면서 혹시 눈치채지 못하셨습니까?"

일행은 오늘 아침 눈을 뜨자마자 식사를 끝내고 시내를 돌며 야영에 필요한 물품을 마련했다. 아사를 찾기 전까지는 돌아오지 않을 각오였기에 식량이며 모포 등 준비한 짐만 해도 한가득이다.

리안이 모르겠다는 듯 미간을 모으자 가헨이 고개를 주억이며 설명했다.

"생명의 숲은 수많은 위험이 도사리고 있는 거대한 밀림 지역입니다. 이러한 곳을 지날 땐 반드시 세세한 지도와 길잡이가 필요한 법이죠."

"에? 그렇지만 우린……?"

"네, 지도도 없고 길잡이도 구하지 않았습니다. 지도는 애초 불필요하니 그리했고, 길잡이는 주변의 시선을 의식해서인지 아무도 나서지를 않더군요. 급한 대로 안내는 제가 맡을 생각입니다."

가헨의 동행이 지금처럼 반가웠던 순간은 없었다. 전문 길잡이를 구하지 못한 것은 안타까우나 이곳에서 나고 자란 가헨이라면 그에 못지않은 실력을 지녔으리라. 가헨에게서는 어느 정도 자신감도 느껴졌다.

하지만 지도가 불필요하다는 말은 전혀 이해가 가질 않았다.

"좀 전에는 지도가 꼭 필요하다고 하지 않으셨나요?"

"보통의 숲이라면 말입니다."

"……?"

"말씀드렸을 텐데요. 생명의 숲은 살아서 움직인다고."

"그게 정확히 무슨 뜻이죠?"

처음 들었을 땐 단순히 그렇구나, 여기며 넘어갔지만 이제 보니 그럴 문제가 아닌 듯했다.

아니나 다를까. 잠시 후, 가헨의 입에서 믿을 수 없는 얘기가 흘러나왔다.

"살아서 움직인다. 그 말뜻 그대로입니다. 생명의 숲은 매일 하루에 한 번씩 숲의 지형과 구조가 새롭게 바뀝니다. 어제 갔던 길에 늪이 들어서기도 하고, 절벽이나 땅 위로 갑자기 동굴이 생기는가 하면, 표식을 해 놨던 큰 나무나 바위가 사라져 길을 잃게 만들지요."

"숲이 스스로요?"

"네, 그래서 살아 있다고 하는 겁니다."

"아니, 아무리 그래도 그렇지, 불과 하루 만에 그게 가능한 일입니까?"

"이곳에선 날마다 일어나는 현상입니다."

겨우 하루를 쓰자고 지도를 제작하는 바보는 세상에 없을 것이다. 지도가 불필요하다는 가헨의 말을 리안은 절실하게 이해했다.

"원인은 무엇입니까?"

숲도 인간과 마찬가지로 살아 숨 쉬는 자연의 일부였다. 하지만 살아 있다고 해서 모든 게 다 인간처럼 이동할 수 있는 자유가 있는 것은 아니다.

어떤 힘의 작용으로 이러한 일이 벌어지는지 리안은 궁금증이 돋았다.

"글쎄요. 저희도 아직 정확한 원인에 대해 파악을 하지 못했습니다. 그저 예로부터 들어온 건, 변덕스러운 숲의 정령이 장난을 친다는 것 정도입니다."

"숲의 정령?"

"네, 물과 불, 바람 등에 정령이 있듯, 숲에도 정령이 있다고 합니다. 한 번도 본 적은 없지만요."

그렇게 말하지만 가헨의 표정과 말투는 숲의 정령이라는 것을 믿는 눈치였다. 다소 황당하기는 해도 정말로 숲의 정령이 있다면 리안도 한 번쯤 만나 보고 싶다는 생각이 문득 들었다.

"그런데 지도도 없고 숲의 지형이 매일 바뀐다면 이동할 때 상당히 난감하겠습니다. 모든 걸 감에만 의지해야 한다는 소리인데, 만일 그 감이 틀리기라도 하면 같은 자리에서만 뱅뱅 돌 수도 있지 않겠습니까?"

"물론 그럴 수도 있습니다. 하지만 다행히 숲의 변화가 미치지 않는 곳이 몇 군데 존재합니다. 그 거점들을 축으로 신중히 이동한다면 최소한 길을 잃지는 않을 겁니다. 그러니 너무 염려하지 마십시오."

생명의 숲을 여러 번 다녀오고서도 무사한 가헨의 말이었다. 어떤 위험이 기다리고 있을지 모르지만, 미리부터 겁먹어서 좋을 건 없다. 지금은 가헨에게 의지하고 그를 따르는 것만이 최선이었다.

"참고로 아사 님도 처음은 아니십니다. 어린 시절의 대부분을 이곳에서 지내셨으니까요."

"혹시 아사의 고향도 여기인가요?"

"아니요, 태어나신 건 샤하의 궁이십니다. 단지 유년을 궁이 아닌 이곳에서 보내셨을 뿐입니다."

"샤하의 아들이 궁이 아니라 이곳에서 자랐다는 말씀입니까?"

성인이 되어 독립한 이후가 아니고서야 어느 나라도 왕자를 이런 식으로 대접하지는 않는다. 아사가 마치 유배라도 당한 것 같아 리안은 불쾌했다.

"네, 아사 님이 정식으로 입궁을 하신 건 꽤 시간이 흐른 뒤였습니다."

"어머니는요? 아시란 님도 함께 이곳에서 지냈나요?"

"……."

류지는 답하지 않았지만 그 뜻이 무엇인지는 리안도 충분히 예측 가능했다. 리안이 표정이 굳어지자 류지가 얼른 덧붙였다.

"그래도 아사 님이 입궁을 하신 후에는 아시란 님이 고향을 방문하실 때마다 함께 오시고는 했습니다."

그때가 유일하게 모자가 함께하는 시간이었다고 류지는 굳이 말하지 않았다. 리안에게 안심과 기대감을 심어 주고 싶지, 불안감이 들게 하고 싶지는 않았다.

"으아아아아악!"

"라문 님!"

이런저런 이야기를 하며 걷다 보니 라문과의 거리가 꽤 벌어졌다. 별안간 들리는 그의 비명에 셋은 일제히 앞을 향해 달려갔다.

"으아아악, 가만 안 둘 거야!"

다행히 라문의 안전에는 별 이상이 없었다. 다만 어깨에 메고 있던 배낭을 중간에 두고 서로 갖겠다며 뭔가와 사투를 벌이고 있었다.

"이건 내 밥이라고! 감히 식물 주제에 나의 식량을 노려? 죽여 버린다!"

그랬다. 라문에게서 그의 목숨과도 같은 식량을 빼앗으려고 하는 무언가는 그의 말처럼 식물, 굵기가 거의 보통 사람 허벅지만 하고 길이는 차마 잴 수가 없는 거대한 크기의 나무뿌리였다.

인간의 손처럼 생긴 흑색 빛깔의 나무뿌리가 배낭을 움켜쥐고 있는 힘껏 땅으로 끌어당기고 있었다. 강탈당하지 않기 위해 안간힘을 쓰며 라문이 버티는 듯했지만, 그의 몸은 이미 질질 끌려가는 처지였다.

"너 이거 가져가기만 해! 이 자리에서 당장 장작더미로 만들고 말 테니까!"

식량이 든 배낭을 지키기 위해 식물과 열띤 경쟁을 벌이고 있는 라문의 모습은 한순간 셋에게 많은 사고를 불러일으켰다.

그중 류지는 아주 잠시지만 모른 척 지나가 버릴까 진지하게 고민했다.

어차피 식량은 이쪽에도 많았다. 다른 일행이 각자 먹을 식량과 야영에 쓰일 물건들을 나눠서 들고 있는 반면, 라문의 배낭에는 오로지 그가 먹을 식량만이 들어 있었다. 그것도 엄청난 양이.

'하지만 저걸 잃어버린다면…….'

어떤 히스테릭한 반응을 보일지는 상상만으로도 끔찍하다. 생각은 길었지만 행동은 빨랐다.

"힘 빼십시오!"

류지의 신형이 공중으로 치솟았다. 지면을 튕기며 단 두 번의 도약 만에 라문 앞에 도착한 류지의 두 손에는 어느덧 날카로운 손톱이 길쭉하게 뻗어 있었다.

쇄애애액!

그가 인간으로 치면 손목에 해당하는 나무뿌리 부근을 그 손톱으로 힘차게 내리그었다.

촤아악!

녹색 액체가 폭발하며 분수처럼 쏟아졌다.

"피하세요!"

가헨이 소리쳤고 류지는 재빨리 라문을 안은 채 바닥으로 몸을 던졌다.

푸슉푸슉푸슉.

잘린 나무뿌리가 마치 살아 있는 뱀처럼 격렬하게 꿈틀거리며 녹색 액체를 계속 뿌려댔다. 어떤 성분인지는 몰라도 액체가 닿은 곳마다 지면이 바짝바짝 마르더니 거북이 등처럼 쩍쩍 갈라졌다.

슈슈슉—

나무 쪽에 붙어 있던 뿌리는 잘림과 동시에 쏜살같이 땅속으로 숨어 버렸다.

"류지!"

단순히 뿌리가 살아서 움직이는 나무라고만 여기고 있던 리안은 그 광경에 잠시 할 말을 잃었다. 그러다 정신을 차리고 류지를 향해 뛰어갔다.

가헨은 뿌리가 다시 덮칠 것을 대비해 전투 자세를 취하고 무서운 눈빛으로 주변을 주시했다.

"전 괜찮습니다."

옷에 묻은 흙을 툴툴 털어내며 류지가 일어섰다. 다행히 그의 몸에는 약간의 풀과 모래가 묻었을 뿐, 아무 이상이 없는 듯했다.

문제는 라문이었다. 부지불식간에 날아든 류지로 인해 아무런 방비를 못했던 라문은 얼굴과 바닥이 정면으로 충돌하는 사태를 면하지 못한 것이다.

"라문 님, 괜찮으십니까?"

"안 괜찮아!"

걱정스러운 리안의 물음에 라문이 고함을 지르며 벌떡 일어났다. 그런 그의 얼굴은 상태가 의외로 깨끗했지만, 몇 군데

눌린 자국과 긁힌 흔적이 보였고, 무엇보다 두 눈에 독기가 가득했다.

"퉤퉤!"

라문이 입속으로 들어간 불순물을 뱉어내며 류지를 노려봤다.

"너 일부러 그랬지?"

"그게 무슨 말씀입니까?"

"기회다 싶어서 달려든 거 맞잖아. 내가 그 정도 눈치도 못 챌 줄 알아? 엉?"

"전 단지 라문 님의 식량을 지켜 주고 싶었을 뿐입니다. 저 아니면 저렇게 멀쩡할 수 있었겠습니까?"

류지를 따라 라문의 시선이 돌아갔다. 한바탕 흙바닥을 구른 탓인지 몰골이 지저분했지만, 배낭은 찢긴 데 없이 말짱했다. 라문의 안색이 삽시간에 밝아졌다.

"살아 있었구나!"

쪼르르 달려가 배낭을 품에 안는 라문을 보며 류지가 낮게 혀를 찰 때, 가헨이 그에게로 걸어왔다.

"괜찮으십니까?"

"응, 보다시피. 방향은 정했어?"

"우선은 강가를 따라 내려가는 것이 좋겠습니다. 그편이 보다 저들 눈에 쉽게 뜨일 것입니다."

가헨이 좌우로 눈동자를 굴리며 나직하게 속삭였다. 실제

모습이 보이지는 않지만 이미 도시에서부터 미행이 붙은 상태였다.

"그러다 틈을 봐서 따돌리자는 거야?"

"네, 긴장이 늘어질 즈음을 노려 숲 깊숙이 숨어들면 한동안은 찾기 힘들 겁니다."

"알았어, 되든 안 되든 일단 해 보자고. 난 옆에 붙어서 갈 테니까 가헨이 앞장서도록 해."

사고를 미연에 방지하기 위해서는 아예 붙어서 감시하는 게 나았다. 류지가 라문을 쳐다보며 지시하자, 가헨이 알겠다는 듯 곧장 풀숲을 헤치고 강가로 가는 길목을 텄다.

그 뒤를 리안이 따랐고, 이어 류지가 식량 배낭을 얼싸안고 있는 라문의 목덜미를 잡은 채 주저 없이 발을 놀렸다.

* * *

숲에서 밤을 지새운 지도 어느덧 나흘이 지났다. 그동안 아사의 흔적이라고는 조금도 발견하지 못했지만, 따라붙던 감시의 눈길은 어제 오후 완벽히 차단했다.

이 드넓은 숲에서 언제 다시 그들과 만날지 모르나, 일행은 최대한 조심하며 이동해 가고 있었다.

쏴아아— 쏴아아—

세찬 강물이 흘러가는 소리가 밤의 장막을 뚫고 주변에 울려 퍼졌다. 나뭇등걸에 앉아 마지막 육포를 입에 털어 넣던 리안은 문득 고개를 들어 하늘을 올려다봤다.

'달무리…….'

희뿌연 안개처럼 흐릿한 달무리가 둥근 보름달을 감싼 채 까만 밤을 수놓고 있었다. 보통 인간 세상에선 달무리가 지면 다음 날 비가 내린다.

"내일 비가 올 모양입니다."

힘없이 중얼거리는 리안의 고운 얼굴에 깊은 수심이 내려앉았다. 더불어 어느 책에서 본 문구가 떠올랐다.

숲에서 만나는 비는 불행을 불러온다.

생각해 보면 과거 하인이었던 시절, 주인을 대신해 전장을 나갔을 때도 숲에서 비를 만났다.

그날 리안은 목 뒤에 화살을 맞은 채 절명했고, 직후 지금의 자신인 주인의 몸으로 다시 태어났다.

이것은 과연 불행이었을까?

덕분에 새로운 삶을 얻게 되었으니 아니라고 할 수도 있으나, 본래의 몸은 잃었으니 틀린 것도 아니다. 책에는 두 가지가 모두 찾아올 경우에 대해서는 어떤 서술도 없었다.

'내가 지금 무슨 생각을.'

리안은 잡념을 버리기 위해 눈을 감은 채 고개를 저었다. 꼭 문구 때문이 아니더라도 숲에서 비를 맞는 것은 여러모로 좋지 않았다.

빗줄기로 인해 시야가 가려지는 것은 물론 빗소리로 인해 감각도 둔해질 것이다. 보통 때보다 더 주의를 기울이다 보면 체력 소모도 심해져 상대적으로 수가 우월한 적들에게 발각될 위험 또한 높았다.

하지만 무엇보다 가장 큰 걱정은 아사였다. 비가 내리면 대기가 습해질 것이고, 그렇게 되면 체온이 내려가 그나마도 성치 않은 몸에 악영향을 끼칠 수 있었다.

이제까지 잘 버텨 오던 녀석이 단번에 무너질 수도 있는 얘기다.

무리를 해서라도 오늘 밤 움직이자는 말이 목구멍에서 맴돌았다. 그러나 그동안의 강행으로 지금은 모두 지칠 대로 지쳤고, 이미 휴식을 하기로 합의를 한 이후였다.

표정을 보니 류지는 리안과 같은 마음인 듯했지만 라문은 달랐다. 말린 과일과 육포로만 허기진 배를 채워야 한다는 사실에 현재 그의 심기는 매우 불편한 상태였다.

"그래서?"

비가 오는데 뭐가 어쨌냐는 눈빛으로 리안을 쳐다보며 라문이 불퉁한 음성을 내뱉었다. 리안은 밑져야 본전이라는 심정으로 그에게 의중을 털어놓았다.

"비가 내리면 아사 녀석의 부상이 더욱 심각해질 수도 있습니다. 피곤하신 줄은 알지만, 녀석이 더 힘들어지기 전에 서둘러 찾아야 합니다."

"달무리가 떴다고 무조건 비가 오진 않아. 게다가 여태 흔적조차 발견하지 못한 녀석을 당장 찾을 거라는 보장이 어디 있어? 오늘은 그냥 쉬어."

"습도가 높아졌다는 거 라문 님도 느끼셨을 겁니다. 이르면 오늘 밤에라도 분명 비가 올 거예요."

"여기 물 안 보여? 강물이 코앞인데 습도가 높은 건 당연하지."

라문이 어이가 없다는 듯 콧김을 내뿜더니 남은 과일 찌꺼기를 강으로 집어던졌다. 퐁당거리는 소리가 부근에 작게 메아리쳤다.

"그걸 감안하고 드리는 말씀입니다. 라문 님도 아사를 구하고 싶으신 거 아니었습니까?"

"사촌인데 당연히 그러고 싶지. 난 그저 체력 확보를 하자고 하는 말이야. 숲에 들어와서 제대로 쉬는 게 이번이 거의 처음인 거 몰라? 우리 묘인족이 아무리 밤눈이 밝다지만 더 이상은 안 돼. 억지로 될 일이라면 찾아도 벌써 찾았지."

식사가 끝났으니 이제 잠이나 자겠다는 듯 라문이 배낭을 베고 뒤로 벌러덩 누웠다. 리안은 포기하지 않고 한 번 더 청했다.

"제가 회복 마법을 걸어 드리겠습니다. 그러니……."

“그럼 넌? 어디 지금 나만 피곤한가? 우리 넷 중 가장 쉬어야 할 게 바로 인간인 너야. 그런 상태로 우리 아사를 찾으면 어디 그 치료 마법인가 뭔가를 제대로 발휘할 수나 있겠어? 잔말 말고 누워서 쉬도록 해.”

정곡을 찌르는 말에 리안의 심장이 뜨끔했다. 마나의 변화에 민감한 종족답게 그는 리안의 상태를 정확히 파악하고 있었다.

‘그러고 보니.’

리안이 뒤쪽에 앉은 류지를 힐끔 돌아봤다. 라문에게 이 정도 말을 했으면 나서도 벌써 나섰을 그가 여태 아무 말이 없다. 그렇다는 것은 곧 류지도 지금의 라문과 같은 생각이라는 뜻이리라.

‘결국 나 때문이로군.’

리안이 보통 사람에 비해 뛰어난 체력을 가지기는 했으나, 타고난 육체적 능력이 우수한 묘인족에 비할 바는 아니었다.

내일이면 아사가 더 위험해질 것을 알면서도 자신으로 인해 나서지 못하는 현재가 리안으로서는 억울하고 답답했다.

“왜 머뭇거려? 어서 이리 와 누우라니까.”

라문의 다그침에 리안은 하는 수 없이 그곳으로 가 털썩 주저앉았다. 라문이 턱을 괴며 리안 쪽으로 돌아누웠다.

“이봐, 우리 그러지 말고 튼실한 놈으로 한 마리 잡는 게 어때? 노릇하게 익은 살덩이를 뜯다 보면 단방에 체력이 회복될 거야."

"안 된다는 거 아시잖아요."

"아, 왜 자꾸 안 된다고만 해. 이게 다 고기를 못 먹어서 그런 거라니까?"

"연기 안 나게 구우실 자신 있으십니까? 냄새는요? 묘인족이 후각에 예민하다는 건 저보다 라문 님이 더 잘 아실 텐데요."

리안이 눈을 홉뜨고 반대하자 라문이 입가를 실룩이더니 주먹으로 바닥을 세게 내리쳤다.

"딱딱한 육포라면 이제 정말 지긋지긋해! 주구장창 마른고기만 먹었더니 내 입이 아주 썩어 들어가는 것 같다고!"

"조용히 하십시오. 누가 듣습니다."

"듣기는 무슨! 내가 바보야? 저기 위에 깔아 놓은 건 뭔데? 응?"

라문이 손가락질하는 곳에는 오늘도 여지없이 투명한 막이 설치되어 있었다. 라문이 비명에 가까운 굉음을 질러대는 통에 음파 차단 마법을 설치해 놓았다는 것을 리안조차 까맣게 잊었다.

"어디 저것뿐인가? 인간, 너! 저 바깥에다가도 이상한 수작부려 놨지? 이참에 설명해 봐. 그건 또 뭐야?"

마법을 수작이라 폄하하는 라문의 말에 기가 막혔지만, 리안은 애써 한 귀로 듣고 한 귀로 흘렸다.

“알람 마법이라는 것입니다. 누군가 접근하면 제게 경보를 울려 알려 줍니다.”

“경보를 울려서? 오오, 그거 꽤 요긴한 수법인걸!”

“일정 이상의 마나를 지닌 생명체에게만 발동하는, 아주 기초적인 마법의 한 종류입니다.”

리안은 일부러 기초라는 대목에 힘을 주어 답했다.

“그래서 그 알람 마법은 아직 잠잠한가? 뭐 걸리는 거 없어?”

“네, 아무 이상 없습니다. 그러니 염려하지……!”

리안이 염려라는 단어를 말할 때였다. 그 순간 거짓말처럼 경보등에 불이 들어왔다.

“무슨 일입니까?”

“뭐야, 갑자기?”

류지가 벌떡 일어섰고 라문이 인상을 찡그렸다. 리안은 손을 들어 어두운 숲 속 한 곳을 가리켰다.

“누군가 있습니다. 멀지 않아요.”

타핫!

동시에 세 인영이 튕기듯 숲 속을 향해 뛰어들었다. 감시자가 붙을 경우 그 수가 불기 전에 속전속결로 처리하기로 이미 합의를 해 놨기 때문이다.

한 박자 느렸지만 리안도 즉시 그들의 뒤를 따라 몸을 날렸다.

'응?'

그러던 리안의 다리가 기이함을 느끼고 중간에서 멈칫했다. 무의식적으로 발동시킨 마나 장악력에 낯설지 않은 기운이 감지된 것이다.

'차이?'

말도 안 되지만 분명 이 느낌은 차이였다. 언제나 자신을 위해서라면 아낌없는 애정과 신뢰를 보여 주는 가장 믿음직한 존재.

지금쯤 레어로 돌아가 수면기에 들었어야 할 차이가 이곳에 있다는 사실에 리안은 어리둥절했다.

'어째서 차이가…… 아! 혹시!'

그때 불현듯 머릿속으로 한 사람이 떠올랐다. 미처 잊고 있었다. 아사와 함께 묘인국으로 떠났던 것은 류지뿐만이 아니었다.

"라파스!"

차이가 가장 신임한다는 수하, 라파스의 이름을 부르짖으며 리안이 급히 달렸다.

"잠깐만요! 모두 정지!"

다행히 아직은 아무런 설전도 벌어지지 않았다. 리안은 달빛에 부러 몸을 드러내며 다시 한 번 외쳤다.

"라파스 씨, 저예요! 제가 왔습니다!"

"이봐, 무슨 짓이야!"

상대가 재빠르게 도망을 치는 바람에 불의의 습격에 실패한 세 묘인족은 각자 나무 뒤에 숨어 기회를 엿보고 있었다. 그러다 뒤늦게 나타난 리안이 갑자기 아무런 방비도 없이 자신을 내보이자 어안이 벙벙했다.

단, 류지만이 그제야 낌새를 알아차리고 리안과 합류했다.

"라파스? 당신인가?"

"도련님?"

걱정이 되었는지 가헨이 경계를 풀지 않은 채 류지의 곁으로 다가왔다. 라문도 연방 주변을 살피며 서서히 나무 뒤에서 나왔다.

"라파스 씨, 저 리안입니다! 여긴 저와 함께 온 일행이에요! 류지도 같이 있는데 보이십니까? 괜찮으니 어서 나오세요!"

리안은 라파스가 숨어 있는 어둠 속을 향해 자신이 왔음을 계속해서 알렸다.

툭.

그렇게 얼마나 지났을까.

끈기를 가지고 기다린 결과, 드디어 나무 위에서부터 무언가 떨어지는 소리가 들렸다. 그리고 달빛이 내비치는 곳으로 천천히 걸어 나왔다.

"……!"

리안은 숨을 훅 들이마셨다. 예상은 했지만 그의 몰골은 말이 아니었다.

전보다 훨씬 마른 몸에, 옷가지며 머리에 쓴 두건이 여기저기 찢겨져 너덜너덜했다. 온몸에는 정체 모를 파란 액체가 덕지덕지 발라져 있었는데, 그것으로부터 지독한 악취가 풍겼다.

그나마 리안이 그를 알아볼 수 있는 것은 한쪽 눈을 가로지르는 그의 흉터와 여전히 선한 빛을 품고 있는 그의 신비한 보라색 눈동자였다.

"인간?"

라문이 그제야 상대가 인간임을 알아챈 듯 입을 쩍 벌렸다. 묘인족이 셋이나 있음에도 이제야 깨달은 것은 아마도 몸에 바른 액체 탓인 듯했다.

"칼리스타 백작님! 정말 백작님이 맞으셨군요!"

그제까지 눈을 가늘게 뜨고 일행을 살피던 라파스가 어느 순간 반색하며 급히 예를 차렸다. 아무리 이런 상황이지만 상대는 그의 영주가 주인으로 모시는 분이었다. 비록 모양새는 추레했지만 라파스에게는 리안을 향한 진정 어린 공경이 담겨 있었다.

"다행입니다. 차이를 볼 면목이 생겼어요."

묘인족인 미하는 류지처럼 어딘가에 감금이 되었지만, 라파스의 소식만은 듣지 못했다. 행여 잘못되었으면 어쩌나, 그래서 차이에게 평생 지울 수 없는 상처를 주면 어쩌나 걱정했던 리안은 라파스를 보고 진심으로 안도했다.

"무사해서 다행이오."

"아사 님께서 많이 걱정하셨습니다. 살아 계시다니 류지 님이야말로 다행이네요."

류지의 안부에 라파스가 파랗게 칠해진 얼굴 사이로 하얀 치아를 드러내며 웃었다. 그간의 사정도 들어가며 회포를 푸는 게 마땅하겠지만, 아사의 이름을 듣는 순간 리안은 악취도 잊고 라파스에게 달려들었다.

"아사와 지금껏 함께 계셨던 겁니까? 아사는 무사한가요?"

"아사 님은 지금 어디에 계신가? 몸은 온전하신가?"

류지도 흥분된 목소리로 그 물음에 합세했다.

"저를 따라오십시오. 아사 님이 계신 곳으로 안내하겠습니다."

아사의 상태에 대해서는 일언반구 없이 라파스가 자신의 뒤를 가리켰다. 왠지 무서운 말을 들을 것 같아 리안은 더는 묻지 못한 채, 그런 라파스를 조용히 뒤따랐다.

얼마 후, 일행이 도착한 곳은 이끼가 잔뜩 낀 강기슭이었다. 특이한 점은 강 건너와의 사이가 이제까지 보았던 것보다 서너 배는 더 컸고, 그 넓어진 중앙에 이름 모를 섬이 떠 있다는 것이었다.

두께를 가늠할 수 없는 커다란 나무가 빽빽하게 들어선 섬은, 누구의 방문도 허락지 않겠다는 듯 견고했다.

"설마 아사가 저곳에 있는 겁니까?"

"네, 지금 제가 뒤집어쓰고 있는 이 파란 핏물의 녀석들이 서식하는 곳입니다. 수역으로 둘러싸인 데다 이 냄새 때문인지 아무도 접근하지 않더군요. 게다가 저곳은 다른 곳처럼 변화가 일어나지도 않습니다."

처음 몇 번은 몸을 숨겨도 하루가 지나면 지형이 변하는 탓에 곤혹스러운 점이 한두 가지가 아니었다. 그러다 운 좋게 이곳을 발견하고 이제껏 은신하고 있었던 것이다.

하루에 한 번 숲이 변하기 전 섬 밖으로 나와 본다는 라파스가 리안과 만난 것은 우연이 아니었다.

"알람 마법을 발견하고 하마터면 환호성을 지를 뻔했습니다. 묘인족이 우글거리는 곳에서 인간의 마법을 발견하니 얼마나 반갑던지. 바로 칼리스타 백작님을 떠올렸습니다. 혹시나 하는 마음에 완전히 경계를 풀진 못했지만요."

"마나에 민감한 묘인족들 때문에 들키지 않게 조심스럽게 펼치느라 애를 먹었는데, 라파스 씨께선 쉽게 찾으셨네요. 혹시 마법을 배우셨나요?"

"아직 정식 마법사는 아닙니다. 단지 제가 하는 일이 이런 종류의 마법을 뚫어야 할 때가 있어서, 주인님께 맞아 가면서 배웠습니다."

마법사도 아닌 자가 알람 마법을 뚫는다니. 차이의 수하가 아니었다면 믿고 넘어가지 않을 소리였다.

"알람 마법을 보고 전 도박을 걸었습니다. 마법을 파훼하지 않고 건드린 건, 제가 접근하는 것보다 오도록 만드는 것이 나을 것 같아서였습니다. 도망갈 길을 미리 확보해 둔 후였거든요. 그 결과가 이렇습니다."

죽을 뻔한 고비를 몇 번을 넘겼는지 모른다. 그때마다 이를 악물고 버틴 고생의 보람을 라파스는 지금 느끼고 있었다.

"어쨌든 지형이 다시 바뀌기 전에 일단 섬으로 들어가야겠습니다. 칼리스타 백작님은 마법으로 오시겠지만, 다른 분들은 제 방법을 눈여겨보시는 게 좋을 겁니다."

그렇게 말한 라파스는 난데없이 주먹만 한 크기의 돌멩이 하나를 주워 들었다. 그리고 그 팔을 거의 지상에 닿을 정도로 낮고 힘차게 휘둘렀다.

그 이상한 동작에 낯을 찌푸리던 라문의 눈동자가 크게 벌어졌다.

착착착착—

강물에 그대로 빠질 줄 알았던 돌멩이가 마치 살아 있듯 잔잔한 수면 위로 몇 차례 파문을 그리며 섬을 향해 날아간 것이다.

몇 번을 다시 물 위로 솟아오른지는 미처 세지 못했다.

추아아아악!

세 번째까지 세었을 때 갑자기 물속으로부터 거대하고 뾰족한 아가리가 물보라를 일으키며 치솟았다. 몸 전체가 드러나지 않아 정확한 크기를 가늠할 순 없었지만, 물렸다가는 그대로 반 토막이 날 게 분명했다.

한두 마리가 아니었다. 정확히 돌멩이가 수면과 마찰을 일으킨 장소마다 날카로운 송곳니를 드러내며 놈들이 포효를 터뜨렸다.

놀라운 것은 그다음이었다.

"먼저 가겠습니다."

라파스가 정중히 리안에게 고한 뒤 강물을 향해 뛰어들었다. 그리고 조금의 망설임도 없이 아가리를 징검다리 삼아 강을 건너기 시작했다.

"뭐, 뭐야?"

라파스의 묘기에 가까운 행동에 라문은 경악했고, 류지와 가헨은 흥미로운 눈길로 그 모습을 감상했다.

간발의 차이로 무시무시한 아가리 속을 비껴가는 라파스의 몸은 새털처럼 가볍고 번개보다 빨랐다. 족히 십여 미터가 넘는 거리를 라파스는 눈 깜짝할 사이에 도강했다.

"류지…… 저거 할 수 있겠어?"

어쩐지 긴장한 음색의 라문이었다. 류지는 말없이 돌멩이 하나를 집어 들었다. 그리곤 고개를 기울여 각도를 재는가 싶더니, 이내 크게 팔을 휘둘렀다.

착착착착—

당연한 수순처럼 류지가 던진 돌멩이 또한 수면을 튕겨내며 앞으로 쭉쭉 뻗어 나갔다. 물 밑에 잠들어 있던 아가리가 다시금 솟아올랐고, 류지는 라파스의 뒤를 이어 여유 있게 도약했다.

"먼저 가시겠습니까?"

가헨이 돌멩이를 건네자 라문이 쭈뼛한 얼굴로 받아 들고는 강물을 향해 던졌다.

그러나 앞의 둘과 달리 돌멩이는 단 두 번 만에 물속으로 퐁당 소리를 내며 빠졌다.

"여기……."

가헨이 냉큼 다시 하나를 집어 라문에게 넘겼다. 하지만 방금 전의 실패 탓인지 라문은 표정을 굳히며 뒤로 한 걸음 물러났다.

"먼저 가."

"그럼 이따가 뵙겠습니다."

한 번 더 청할까 하던 가헨은 마음을 돌려 잡았다. 이 자리에 함께 있어 봤자 불편한 쪽은 가헨이었다. 그가 리안과 라문에게 묵례를 하고는 서둘러 섬을 향해 돌멩이를 던졌다.

"……!"

실패한 라문이 민망할 정도로 가헨 또한 너무도 손쉽게 라파스를 흉내 내며 강을 건넜다.

역시 타고난 육체의 힘은 이런 순간에 빛을 발했다. 리안으로서는 절대로 따라 할 수 없는 동작을 류지와 가헨은 단 한 번 본 것만으로 거뜬히 해냈다.

"저것들 분명 처음 아닐 거야."

도약력이라면 라문도 어디 가서 빠지는 편은 아니었다. 하지만 돌을 던져 물 위로 튀어 오르게 하는 방법은 해 본 적도, 배운 적도 없었다.

"여기가 가헨의 고향이라며. 가헨이 류지에게 가르쳐 준 게 틀림없어."

자존심이 퍽이나 상한 듯 되지도 않는 핑계를 들먹이며 라문이 빈정거렸다. 리안은 픽 웃으며 라문에게 손을 내밀었다.

"제 손을 잡으십시오."

"뭐?"

리안의 난데없는 행동에 라문이 이상하다는 듯 바라봤다.

"전 아사를 빨리 만나고 싶습니다. 수영을 하고 싶은 게 아니시라면 어서 잡으세요."

"그러면 나도 건너갈 수 있어?"

"네, 중간에 제 손을 놓지 않으신다면요."

"정말이지? 그러면 건널 수 있는 거지?"

이미 여러 번 리안의 신기한 마법을 목격한 후였다. 라문은 리안을 믿고 그의 희고 긴 손가락에 자신의 손을 포갰다. 리안은 준비하고 있던 시동어를 외쳤다.

"플라이!"

"어어?"

갑자기 몸이 공중으로 붕 떠오르자 라문이 균형을 잃고 버둥거렸다. 리안의 경고 때문인지 그 와중에도 용케 손만은 꼭 쥐고 있었다.

“힘 빼십시오. 안 그럼 다칠 수도 있습니다.”

“여기서 힘을 어떻게 빼! 그럼 떨어지잖아! 너어, 나 버리고 혼자 가려고 그러지? 엉?”

“그러려고 했으면 진즉 그랬습니다.”

“나 떨어뜨리기만 해 봐. 가만 안 둬!”

“출발합니다.”

라문의 협박을 모른 척 흘려 넘기며 리안이 천천히 이동을 시도했다. 원하는 것을 얻지 못한 물짐승들이 시퍼런 이를 드러내며 물 밖으로 솟아올랐지만 리안에게는 미치지 못했다.

“으아아아아!”

라문의 괴성만이 고즈넉한 강가에 울려 퍼졌다.

제8화 라키아의 귀환

"폐하, 그리 좋으십니까?"

투명한 액체가 향내를 뿜어내며 찻잔 안으로 떨어졌다. 황금색 테두리가 장식된 손잡이로 손을 가져가며 라테스는 깊은 숨을 몰아쉬었다.

"흐음, 바로 이 맛이야. 역시 황후가 타 주는 홍차가 제일이오!"

"아직 드시지도 않으셨어요."

맛도 보기 전에 과한 칭찬을 늘어놓는 남편의 얼굴을 장난스레 흘겨보며, 레지나가 자신의 잔에도 찻물을 따랐다.

"진정한 홍차는 맛이 아니라 향에서 결정나는 거라고 황후가 그러질 않았소. 그대의 홍차는 어떻게 이렇게 나날이 향이 좋아지는지 참 신기하오. 오늘이 어제보다 좋고, 어제는 또 그제보다 좋고! 하하하, 내가 부인 복을 좀 많이 타고 태어난 것 같소이다!"

라테스가 홍차를 홀짝거리며 아침부터 시원한 웃음을 터뜨리자, 레지나는 황급히 시종들의 눈치를 살폈다.

아니나 다를까.

황제의 민망한 발언에 몇몇 시종들의 입가가 경련으로 떨리는 게 보였다. 억지로 웃음을 참을 때 나타나는 현상이었다.

벌써 혼인을 하고 여러 달이 지났건만 이런 상황이 닥칠 때마다 레지나는 부끄럽고 창피했다. 시종들이 있을 때는 참아 달라고 그렇게 부탁을 했는데도 이렇듯 또 그러는 것은 역시나 라키아, 그 때문이었다.

"폐하, 솔직히 고백하세요."

"무얼 말이오?"

"제가 드린 차가 정말 맛이 있어서 그리 좋아하시는 건가요, 아니면 로드리게즈 백작님이 돌아오셔서 신이 나신 건가요? 참고로 전 후자여도 상관없답니다. 물론 둘 다라면 더 좋겠지만요."

아침 햇살을 받으며 단정한 자태로 앉아 미소 짓고 있는 레지나의 모습은 한 폭의 그림 같았다. 그 아름다움에 잠시 넋을 잃고 바라보던 라테스는 결국 실토했다.

"황후는 참 눈치도 빠르오. 어찌 알았소?"

"며칠 전 폐하께서 침실에 서류를 놓고 가셨잖아요."

"내가 그랬소?"

"네, 그날도 지금처럼 무척 들떠 계셨어요. 그래서 제가 궁금한 마음에 몰래 펼쳐 보았죠."

거기엔 황도로 회군한 라키아가 이번 주 내로 도착할 것이라는 보고가 쓰여 있었다. 아끼는 신하의 당도 소식에 황제는 어린아이처럼 기뻐하고 있었다.

"전에도 얘기했지만 나에겐 형 같은 사람이오. 가문의 복권으로 안 그래도 할 일이 많은 그를 먼 타지로 보내어 미안할 따름이지. 아무 탈 없이 무사하게 돌아오고 있어 정말 다행이라고 생각하오. 내가 채신머리없이 보였다면 황후에게 사과하리다."

"폐하, 당치 않아요. 그런 사과는 하시는 게 아닙니다. 로드리게즈 백작님의 무사 귀환은 저도 환영하는 바예요."

"그렇게 말해 주다니 고맙소. 라키아가 돌아오면 다들 불러다가 함께 만찬을 즐기도록 합시다. 장모님은 일전에 뵙긴 하였지만, 요즘 처남의 얼굴은 통 못 본 것 같소. 영지에 꿀단지라도 숨겨 놓았는지 너무 오래 있는 듯하오."

"폐하를 대신하여 오라버니에겐 제가 따로 서찰을 보내도록 할게요."

매번 잊지 않고 가족을 챙겨 주는 황제의 마음 씀씀이가 레지나는 고맙고 감사했다. 리안과 레베카 간에 얽힌 일도 이제 어느 정도 수습이 되었으니 황도로 올라오는 데 별문제는 없으리라.

"폐하, 담소 중에 송구하오나 로드리게즈 백작님이 들었사옵니다."

시종장의 음성이 들린 것은 그때였다.

"누가 왔다고?"

예상치도 못한 소식에 라테스와 레지나의 눈이 동시에 함지박처럼 떠졌다.

"라키아가 왔단 말인가? 지금?"

"예, 폐하. 급히 뵙고 드릴 말씀이 있다고 하옵니다."

"어서 들라 하게."

일정이 예정보다 빨리 끝난 것도 기이하다 여겼거늘, 입궁까지 이토록 서두르는 라키아가 라테스는 어쩐지 불길했다.

혹시 갔던 일이 잘 안되었을까, 하는 생각이 잠시 들었지만 이미 앞서 도착한 서면에는 모든 일이 깔끔하게 마무리가 되었다고 적혀 있었다.

'아무 일 아니어야 할 텐데…….'

근래 좋은 일이 연달아 생기고 시국 또한 평화로웠다. 이 평온이 깨지지 않기를 제국의 황제로서 라테스는 누구보다도 바랐다.

"폐하, 신 다녀왔습니다."

말끔히 제복을 갖춰 입은 라키아가 무릎을 꿇으며 예를 올렸다. 기우였으면 좋았을 것을, 그런 라키아의 표정은 무척 심각했다.

"다들 물러가거라."

라테스는 직감적으로 사달이 났음을 깨닫고 시종들을 물렸다.

"라키아, 무슨 일이야?"

"폐하께서 명하신 일은 잘 처리하였습니다. 타운젠드 공작과 맥카시 공작이 내어 준 십만의 병사 모두, 폐하께서 지시하신 곳에 정확히 배치가 되었습니다. 이것은 그에 관한 보고서입니다."

라키아가 가지고 온 두꺼운 서류철을 라테스에게 내밀었다.

"내가 물은 건 이게 아니야. 라키아, 무슨 일 있는 거지?"

"……."

"일어나서 내 얼굴 보고 말해. 심각한 거야?"

황제의 계속되는 종용에 라키아는 결국 품에서 한 장의 서신을 꺼냈다.

"읽어 보십시오."

어리둥절했지만 라테스는 서둘러 봉투를 열어 내용물을 꺼내 펼쳤다. 그리고 다음 순간, 흠칫 어깨를 떨며 라키아를 쳐다봤다.

"이건?"

"네, 심해어인 콘타쿠어(魚)의 피로 쓰인 편지입니다. 특수 약품을 뿌려야지만 내용이 그처럼 드러나게 됩니다."

심해어는 말 그대로 깊은 바닷속에 사는 물고기를 말한다. 개중 콘타쿠어는 몸속이 훤히 들여다보이는 투명한 비늘의 물고기로, 특이하게 무색무취의 피를 가졌다.

그 피를 잉크 삼아 글을 쓰면 마치 하얀 물감으로 흰 도화지를 채우듯 아무런 표시가 나지 않는다.

그러나 특수하게 제작된 약품을 그 위에 바르면 거짓말처럼 곧 푸른 빛깔의 글씨가 떠오른다.

특성상 중요 문서나, 일급비밀을 다룰 때 사용하기 때문에 대부분의 재료가 정보 길드에서만 유통되는 실정이었다.

라테스는 급히 서찰로 다시 눈길을 돌렸다. 편지의 중앙에는 붉은색으로 숫자 일이 적혀 있고, 전체를 채우고 있는 것은 번지듯 흐리게 쓰여 있는 푸른색 글자였다.

라키아 님, 보십시오.

엘입니다.

중한 업무를 보시러 떠나신 줄은 알지만 급박히 전할 말씀이 있어서 알려 드립니다.

조금 전 묘인국으로 돌아가신 아사 님께서 위급하다는 통신을 받고 칼리스타 백작님께서 직접 떠나셨습니다.

자세한 것은 이곳에 적지 못하나 후작님께서는 함께 가시지 못하셨습니다.

아무에게도 알리지 말라는 전언이 있으셨지만 라키아 님께는 전해야 할 것 같아 이렇게 서찰을 띄웁니다.

황도에 도착하시면 저를 찾아 주십시오.

기다리고 있겠습니다.

"……후작?"

묘인족 소년 아사에 대해서는 황제도 이미 들어 알고 있었다. 레지나와 함께 리안의 영지를 방문했을 때 직접 만나기도 했었다.

하지만 후작이라니?

여기서 말하는 후작이 쉐르단 후작이 아니라는 것 정도는 라테스도 알았다.

"설마……!"

보통의 사람이라면 후작가를 논할 때 백이면 백, 쉐르단 가문을 떠올릴 것이다. 제국의 유일한 후작 가문으로 알려졌으니까.

그러나 라테스는 보통 사람이 아니었다. 그는 이 나라 로젠바움의 황제였고, 팔백 년이 넘게 이어져 내려온 황가의 유일한 적통이었다.

제국의 또 다른 후작에 관해서라면 그 또한 당연히 알고 있다는 뜻이다. 황제인 그조차 한 번도 만난 적이 없는 비밀의 후작을 리안과 라키아가 만나고 있었다는 사실에 라테스는 놀라움을 금치 못했다.

"짐작하시는 그분이 맞습니다. 이번 임무를 수행하고 돌아오면 리안과 상의해서 말씀드릴 생각이었습니다. 그런데 녀석이 사라지고 말았으니……."

라키아는 채 말을 잇지 못했다. 수행원은 물론 호위기사 하나 없이 홀로 묘인국으로 떠난 리안만 생각하면 저절로 두 주먹에 힘부터 들어가는 그였다.

불길한 예감에 찝찝한 기분이 들면서도 그가 마음 편히 떠난 것은 다 차이 때문이었다.

싸움이라면 누구에게도 지지 않을 자신이 있는 그가 유일하게 이길 수 없는 존재, 차이 반 크라우저 후작. 그를 믿고 출정을 한 것이다.

도착 즉시 입궁을 한 탓에 아직 자세한 상황에 대해서는 모르지만, 라키아는 그를 용서하지 않을 작정이었다.

"오빠가 사라졌다니요? 로드리게즈 백작님, 그게 무슨 말씀인가요?"

중대한 사안인 듯하여 조용히 잠자코 자리를 지키고 있던 레지나는 갑작스러운 소식에 정신이 번쩍했다.

"이걸 보시오."

라테스가 잠시 고민하다가 그녀에게 서찰을 넘겼다. 그 서찰을 읽어 내려갈수록 레지나의 안색이 창백하게 질려 갔다.

"괜찮소?"

라테스는 황급히 아내를 부축해 소파로 데려갔다. 레지나가 주저앉으며 라키아에게 물었다.

"이게 다 사실인가요?"

"신 방금 도착한지라 아직 확인은 하지 못했으나 거짓이라고는 생각하지 않습니다."

"아무도 없이 오빠가 정말 혼자서 그곳에 갔다고요?"

전쟁 중 홀로 적진에 뛰어들었다고 해도 지금과 같은 심정은 아닐 것이다.

인간이 아닌 묘인족이 사는 나라.

그런 곳으로 오빠가 혼자 떠났다는 사실에 레지나는 망연자실했다.

"황후, 칼리스타 백작의 능력은 잘 알지 않소. 아무 일 없을 테니 벌써부터 너무 걱정하지 마시오."

"폐하, 그들이 아무리 말이 통하는 인간에 가까운 자들이라지만 저희와 같은 인간은 아닙니다. 인간의 상식이 통할 리가 없는 곳이에요. 게다가 아사는 자신을 죽이려던 형 때문에 인간 세상으로 도망 왔다고 했어요. 맙소사, 오빠가 그런 곳으로 갔다니!"

위급하다는 아사의 사정은 딱하지만 레지나로서는 리안을 먼저 생각할 수밖에 없었다. 그녀가 두 손에 얼굴을 파묻으며 흐느꼈다.

"황후, 날 보시오."

라테스가 레지나의 앞에 몸을 숙이고 앉아 그녀의 얼굴을 들어 올렸다.

"내가 아는 처남이라면 아무런 방비도 없이 묘인국으로 떠날 사람이 아니오. 그가 자신의 목숨을 함부로 할 리 없소."

"묘인국에 홀로 갔다는 것 자체가 오빠가 이미 이성을 잃었다는 증거예요. 폐하께선 모르십니다. 아사라면 오빠가 얼마나 끔찍하게 위했는지."

"내가 사신을 보내겠소. 반드시 처남이 무사히 돌아올 수 있도록 묘인국에 사신단을 파견하겠소. 그러니 황후, 제발 진정하시오."

레지나의 양 볼을 타고 흘러내리는 눈물을 닦아내며 라테스가 간곡하게 말했다. 그때 라키아가 청했다.

"폐하, 신이 가겠습니다. 저를 보내 주십시오."

"라키아가 직접 가겠다고?"

"네, 폐하. 반드시 제가 가야 합니다. 리안과 함께 지내면서 묘인족에게도 많이 익숙해졌습니다. 오직 저만이 안전하게 리안을 데리고 올 수 있을 겁니다."

사실 조금 전까지만 해도 라키아는 사신이 될 생각 같은 건 하지도 못했다. 그저 황제에게 보고를 마친 후 리안을 쫓아 묘인국으로 바로 떠날 궁리만 하고 있었다.

그러나 사신이라는 말을 듣는 순간, 그 편이 훨씬 유리하다는 판단이 섰다. 정식으로 교류가 오가는 사이는 아니지만 언제나 처음은 존재하는 법이다.

생애 처음으로 라키아는 사신이 될 결심을 세웠다.

"라키아가 가 준다면야, 나야 안심이 되고 좋지. 하지만 이제 막 도착했는데 괜찮겠어?"

"신은 물론 드래곤 기사단 전원이 완벽히 준비를 마쳤습니다. 명만 내려 주십시오."

"좋아, 알겠어. 단, 출발은 내일이야. 오늘은 기사단 모두 하루 푹 쉬도록 해."

"아닙니다, 폐하. 여기서 시간이 더 지체……."

"라키아, 사신단을 꾸리는 건 하루 만에 가능한 일이 아니야. 설마 기사단만 데리고 갈 생각이었던 건 아니지?"

명색이 첫 교류를 트러 가는 사신단이다. 당연히 상대 측에서 좋아할 만한 선물을 싸 가는 게 예의였다. 반박하려는 라키아의 말을 자르며 황제는 단호히 명령했다.

"나도 초고속으로 준비를 할 테니까 라키아는 저택으로 돌아가서 쉬고 있어. 이건 명령이야."

"……알겠습니다."

내일까지 하루를 무슨 수로 버텨야 할지 의문이지만, 라키아는 따를 수밖에 없었다. 사신단으로 가기로 한 이상, 정식 절차는 밟아야 했다. 게다가 서두르는 것은 출발을 한 이후에도 할 수 있는 것이었다.

"후작에 관한 얘기는 돌아오면 그때 들을게."

그에 대해서가 가장 궁금하지만, 지금은 리안의 안위가 우선이었고 사신단을 조성하는 것이 최우선 과제였다.

"시종장!"

레지나를 품에서 떼지 않은 채 라테스가 목소리를 높였다.

*　　*　　*

황제의 명에 답한 것과 달리 궁을 나온 라키아가 향한 곳은 번화가로 유명한 칼리스타 거리였다. 그를 태운 마차는 힘차게 달려 황도의 명물이라 불리는 바다향기 앞에 곧 멈춰 섰고, 라키아는 즉시 오층으로 뛰어올랐다.

벌컥!

노크도 없이 별안간 업무실의 문이 열리자 엘은 깜짝 놀라 들고 있던 펜을 떨어뜨렸다.

하지만 그 놀람은 방문객의 정체를 확인한 순간 씻은 듯이 사라졌다. 그녀가 마치 이제는 살았다는 표정으로 허겁지겁 자리에서 일어났다.

"라키아 님!"

"후작님에 대해 말해 봐. 지금 어디 계시지?"

보자마자 첫마디가 인사도 아닌 명령조의 질문이었다. 화가 날 법한 상황이기도 하건만, 엘은 오히려 그게 라키아답다고 생각했다.

"레어로 돌아가셨습니다."

"어디로 가셨다고? 내가 지금 말을 잘못 들었나?"

엘의 이상한 단어 선택에 라키아는 얼굴을 일그러뜨렸다. 레어라니? 그 말은 보통 드래곤에 관한 이야기를 할 때나 쓰는 용어였다.

"설명이 길 테니 일단 앉으십시오."

차이의 신상에 대해선 라키아도 제대로 알지 못한다고 이미 리안에게 전해 들은 터였다. 엘은 업무실 바깥의 복도에 배치된 수하들까지도 멀찌감치 물린 뒤 라키아와 마주 앉았다.

"크라우저 후작님이 특별한 능력을 지니셨다는 건 라키아님도 잘 아실 겁니다. 그것이 후작님의 조부님 때부터 이어져 내려오고 있다는 것도."

"인간으로선 얻기 힘든 힘을 누군가에게 받았다는 그 얘기 말인가?"

"네, 그 '누군가' 때문에 제가 레어라는 단어를 사용한 것입니다."

엘은 잠시 말을 멈추고 라키아의 얼굴을 가만히 응시했다. 다음 순간 그녀의 입이 벌어졌을 때, 라키아의 두 눈이 벼락처럼 떠졌다.

"드래곤입니다."

"……뭐라고?"

"믿기 어려우시겠지만 크라우저 후작가의 전신(前身)이 블랙 드래곤 레켄스토를 지키는 가디언 가문이었다고 합니다. 아시다시피 드래곤은 현재 멸종된 상태입니다. 아마도 그것을 계기로 인간과 어울리기 시작하지 않았을까 추측됩니다."

"말도 안 돼!"

너무 어이가 없으면 간혹 웃음이 튀어나온다. 라키아가 기침을 토하며 강하게 부정하자, 엘이 이해한다는 듯 고개를 끄덕이며 말했다.

"드래곤에게 받은 영향으로 후작님의 수명은 저희 인간과는 비교할 수 없을 만큼 많이 늘어나셨다고 합니다. 외모는 아직 이십 대시지만 실제로 후작님의 나이는 이미……."

엘의 설명은 그로부터 꽤 긴 시간까지 계속되었다. 그녀의 얘기는 어느 것 하나 놀랍지 않은 게 없었다.

점점 말이 보태질수록 라키아는 더욱 경악했고, 그러는 한편으론 차이의 능력에 대해 납득하기도 했다.

생각해 보면 차이를 볼 때마다 인간 같지 않다고 느낀 적이 한두 번이 아니었다. 어려서부터 남들에게 괴물이라 불리며 자란 자신보다 훨씬 더 괴물인 상대가 바로 그가 아닌가.

이런 뒷이야기를 상상하지는 못했지만 시간이 지날수록 라키아는 담담해졌다.

'잠깐!'

그러다 어느 순간 불현듯 과거의 한 장면이 떠올랐다.

'이거…….'

한쪽에 내려놓았던 검을 라키아가 집어 들었다. 흠집 하나 없이 잘 빠진 검신이 빛에 반사되어 순간적으로 주변을 환하게 밝혔다.

올리판트.

미스릴에 드래곤의 뼈를 섞어 만든 세상에 단 하나뿐인 검.

라키아의 복권을 축하하며 리안이 선물로 건네던 그날, 마법으로 몰래 어딘가를 다녀온 녀석이 말했었다.

"차이가 그랬잖아. 그의 할아버지가 과거에 어느 분에게 인간으로서는 지니기 어려운 힘을 받았다고. 나도 마찬가지야, 라키. 이것보다 더 자세히 말할 수 없어서 미안해."

나도 마찬가지야, 라키…….

마치 여운처럼 리안의 그 목소리가 라키아의 머릿속을 울렸다. 그가 평소 인간 같지 않다고 느낀 것은 차이뿐만이 아니었다. 어린 나이에 스승도 없이 대마법사의 위치에 오른 리안 또한, 차이 못지않은 괴물이었다. 그리고 이미 차이의 그 괴물 같은 능력은 드래곤의 영향이라고 밝혀졌다.

그렇다는 것은 리안도 드래곤과 연관이 되었다는 뜻인 걸까?

거듭된 충격에 라키아는 말을 잃고 그저 입을 벌렸다.

"저도 처음 이 사실을 알았을 때 많이 놀라고 당황스러웠습니다. 드래곤이 인간을 가디언으로 삼았다는 얘기는 들어 본 적이 없었으니까요. 어쨌든 제가 드린 말씀은 모두가 사실입니다. 조금의 거짓 없이 칼리스타 백작님께 들은 대로만 전하는 것이고요. 그리고 아직 드릴 말씀이 더 남았습니다."

할 말이 더 있다는 엘의 말에 라키아는 멍하니 눈을 들었다.

"후작님이 어째서 백작님을 따라가시지 않고 레어로 돌아가셨는지 궁금하지 않으세요?"

"아."

새로운 사실에 놀라 정작 그 부분에 대해서는 잊고 있었다. 라키아가 말하라는 듯 턱짓했다.

"수면기 때문입니다."

"……무슨 기?"

또다시 이해가 안 가는 상황에, 라키아가 한 박자 느리게 되묻자 엘이 대꾸했다.

"드래곤의 영향으로 수명이 늘어나신 것처럼 매년 수면기 또한 찾아오신다고 합니다. 몸이 무방비 상태가 되기 때문에 안전한 레어로 돌아가 잠을 주무셔야 한다더군요."

"그게 무슨 미친 소리야! 후작님이 짐승도 아닌데 겨울잠이라니! 그게 말이 돼?"

기가 막혀 소리쳤지만 이미 머리로는 이해하고 있었다. 말도 안 되는 상황은 앞에서부터 벌써 벌어지고 있었다.

"수면기를 거부하고 버티시다가 심하게 앓기까지 하셨습니다. 깨어나는 대로 돌아오시겠다고 약속하고 가셨습니다."

"그게 언제인데? 한 달 뒤? 아니면 두 달?"

"그건 저도 잘 모르겠습니다만, 석 달은 넘지 않을 거라 하셨습니다."

"하핫, 석 달씩이나? 그래, 언제 가셨는데?"

"라키아 님이 떠나시고 얼마 되지 않아 가셨으니, 두 달 정도 지났다고 보시면 됩니다."

"그럼 앞으로도 한 달이나 더 남았잖아! 그때 수면기에 들었다면 리안이 지금 어떤 상태라는 것도 전혀 모르시겠군. 하아, 아주 팔자가 늘어지셨어!"

불길한 예감에 안 그래도 여정을 서두르고 있었던 라키아는, 엘의 서신을 받고 나서는 거의 잠도 자지 못한 채 모든 일정을 소화했다.

그 노고로 서너 달은 족히 걸릴 업무를 두 달여 만에 끝내고 황도로 돌아왔다.

기실 단련된 체력으로 아직까지 버티고 있는 것이지, 무리한 일정으로 그의 상태는 그리 좋지가 못했다.

그런 상황에 아무리 불가항력이라지만 차이가 편하게 잠을 자고 있다고 하니 부아가 나지 않겠는가.

게다가 그는 수면기가 올 시기라는 것을 알았으면서도 리안을 부탁하는 라키아에게 그에 대해서는 한마디도 언급하지 않았다.

만일 정말로 리안이 잘못되기라도 한다면 라키아는 그를 절대 가만둘 수 없었다.

"칼리스타 백작님께서 비앙카 아가씨를 제게 부탁하셨습니다. 본의 아니게 라키아 님과의 약속을 지키지 못하게 되어서 무척 죄송해하셨습니다."

"그 와중에도 그런 생각을 했단 말이야? 그 녀석은 내가 그거 하나 이해하지 못하는 얼간이로 보였던 건가?"

"그래서가 아니라, 떠나시기 전 라키아 님께서 보웬 남작을 조심하라고 하도 신신당부를 했기 때문이 아닐까요? 백작님을 대신해서 남작은 제가 잘 차단하고 있습니다."

그 일에만 무려 인력을 다섯 명이나 투입하고 있었다. 하나엘은 굳이 그 말을 해서 라키아의 심기를 더 어지럽히고 싶지 않았다.

"나 없이 5년을 혼자서도 잘 버틴 녀석이야. 한두 달 더 없다고 해서 무슨 일이 생기진 않겠지."

지금도 보웬 남작이 비앙카에게 껄떡거릴 것을 생각하면 눈에 불이 들어오지만, 리안과 아사가 처한 상황에 비하면 아무것도 아니었다.

한 녀석은 죽기 직전이라고 하고, 다른 한 녀석은 그 녀석을 구하기 위해 사지나 다름없는 곳으로 뛰어들었다.

"젠장!"

차이만 곁에 있었더라도 이런 기분은 들지 않았을 것이다. 두 녀석을 한꺼번에 잃을 수도 있다는 현 상황이 라키아에겐 거의 공포에 가까웠다.

"너무 초조해하지 마십시오. 조엘 상단은 묘인족과 가장 오래 거래를 튼 상단입니다. 백작님께 큰 도움이 되어 줄 거예요."

"조엘 상단?"

갑자기 상단 얘기가 튀어나오자 라키아의 눈이 커졌다.

"네, 아사 님의 전언을 들으시자마자 백작님은 조엘 상단을 찾아가셨습니다. 묘인국은 그들의 허락 없이는 인간이 들어갈 수 없는 구역이니까요."

"그럼 리안이 상인으로 위장을 했다는 거야?"

"아마도요."

라키아의 안색이 밝아졌다. 상단과 함께 있다면 조금이나마 안전하다는 것에 희망을 걸 수 있었다. 국가적인 교류를 맺지 못한 반면, 상단과 묘인국과의 거래는 꽤 오랜 시간 동안 지속되어 왔다.

"라키아 님이 도착하실 때를 대비하여 그들에게 도움을 얻고자 저 또한 미리 연락을 청해 놓았습니다. 가실 생각이라면 이번에는 저도 데려가 주십시오."

"안 돼."

"왜 안 됩니까? 제가 가면 분명 도움이 될 겁니다."

비록 여자이지만 엘은 정보 길드의 마스터를 맡고 있는 몸이었다. 그녀의 말처럼 웬만한 남자보다는 훨씬 보탬이 되리라.

하지만 라키아는 단호했다.

"이유는 리안과 같아. 에나벨은 여기서 리안의 빈자리를 채워야 해. 알면서 뭘 물어?"

"백작님의 명을 따른 건 그때 저도 미처 준비를 못했기 때문입니다. 하지만 이번에는 달라요. 제가 없어도 잘 돌아갈 수 있게끔 방비를 마쳤습니다."

"그러다 무슨 일 터지면? 그땐 에나벨이 다 책임질 건가?"

"제가 홀로 이곳에 있어도 그건 마찬가지 아닌가요?"

"아니, 달라. 당신은 최선을 다할 거거든."

라키아가 엘을 곧게 바라보며 말을 이었다.

"리안은 에나벨, 당신을 믿고 떠난 거야. 사고가 나도 에나벨이 여기서 버텨 주면 최악의 상황만은 면할 수 있다고 판단하고 말이야."

"하지만……."

"리안은 그냥 나에게 맡겨. 아사 녀석이랑 같이 내가 무사히 구출해 올 테니까. 여기 일만으로도 솔직히 빠듯하지 않아?"

엘은 부정할 수 없었다.

어떻게든 리안에게 가기 위해 수하들을 닦달하고는 있지만 해야 할 일은 점점 더 쌓여만 갔다.

그 점을 누구보다 잘 알면서도 라키아를 따라나서고 싶은 건 리안이 걱정되기 때문이다. 우겨서라도 같이 가지 못한 것이 아직까지도 그녀는 못내 아쉬웠다.

"……언제 가실 겁니까?"

하지만 결국 엘은 포기할 수밖에 없었다. 자신을 믿고 가신 거라면 그에 따른 결과를 보여 주는 것이 그녀의 의무였다.

"내일."

"기사단과 함께 가실 건가요?"

"응, 거기에 조금 더 보태서."

"보태다니요?"

"사신단을 이끌고 갈 거거든."

사신단? 난데없는 말에 엘이 고개를 갸웃하자 라키아가 빙그레 웃었다.

"잘 기억해둬. 내가 제국 역사상 묘인국과 최초로 교류를 맺은 사신이 될 테니까."

'아니면 묘인국과 최초로 전쟁을 벌인 선봉장이든가…….'

그렇게 되지 않기만을 바랄 뿐이었다.

이튿날, 황제가 내어 준 삼십여 명의 관리와 드래곤 기사단을 이끌고 라키아가 정식으로 출범했다.

국가적 사항을 아무런 상의도 없이 독단으로 처리한 황제의 처사에 신하들의 항의가 빗발쳤지만, 이미 벌어진 일이었기에 달리 수습할 길이 없었다.

이상한 점이라면 거센 그 항의 속에 유독 맥카시 공작 측은 잠잠하다는 것이었다.

제9화

재회, 그리고 탈출

한 아이가 울고 있었다. 다리를 세운 채 무릎에 얼굴을 깊이 파묻은 아이는 무엇이 그렇게 서러운지 한참 동안을 쉼 없이 울기만 했다.

아이의 길고 풍성한 황금색 머리칼이 흘러내려 바닥에 닿았지만 아이는 상관하지 않았다.

시간이 지나 어깨의 떨림이 멈추고 나서도 아이는 굳은 듯 움직이지 않았다.

바스락.

낙엽을 밟는 소리가 숲의 적막을 깨웠다. 그에 머리 옆으로 삐져나온 아이의 두 귀가 쫑긋거렸다.

바스락.

마치 일부러 알려 주기라도 하듯 소리는 점차 규칙적으로 울리며 가까워졌다. 그리고 마침내 더 이상 들리지 않을 때, 아이 앞에 한 남자가 멈춰 섰다.

큰 키에 다갈색 피부를 가진 자상한 얼굴의 사내는 아이처럼 빛나는 황금색 머릿결을 허리까지 늘어뜨리고 있었다.

"다 울었으면 이만 돌아가자꾸나."

남자가 나지막한 음성으로 아이에게 청했다. 무척이나 부드러운 음색이었지만 거기엔 위엄 또한 서려 있었다.

그러나 아이는 고개조차 들지 않았다. 오히려 허리를 더욱 낮게 구부리며 반항하듯 몸을 말았다.

남자는 그런 아이를 잠시 말없이 바라보다가 슬픈 듯 입을 열었다.

"아사, 나의 아들아……."

"그렇게 부르지 마세요!"

아들이란 말을 듣자마자 지금껏 모른 척 침묵하던 아이가 차가운 눈을 들어 그를 노려보았다.

"이제 샤하의 아들 같은 건 하지 않을 거예요!"

원망에 찬 목소리로 소리치는 녀석의 얼굴은 눈물 자국으로 범벅이었다.

그것이 오늘도 남자의 심장을 무겁게 짓눌렀다.

"내 아들인 것이 그리도 싫으냐?"

"네, 싫어요! 샤하는 거짓말쟁이예요!"

참고 있던 눈물이 다시금 왈칵 쏟아졌다. 서러움이 북받치며 아사의 여린 마음에 생채기를 내었다.

"이번엔 저도 함께 데려간다고 하셨잖아요. 그렇게 약속하셔 놓고 왜 또 혼자 가세요?"

"난 네가 힘을 완벽히 감출 수 있게 되면, 그때 데려가겠다고 약속하였다. 그럴 수 있는 것이냐?"

"샤하는 이상해요! 유모 말이 제가 가진 힘은 아주 특별한 거라고 그랬어요. 남들이 알면 다들 우러러볼 거라고. 그런데 어째서 샤하는 자꾸 감추라고만 하세요? 샤하는 제가 가진 힘이 싫으세요?"

"너, 그 힘에 대해서 유모에게 말한 것이냐?"

갑자기 남자의 표정이 무섭게 달라지며 어조 또한 변했다. 그가 엄한 눈초리로 내려다보자 아사가 시선을 피하며 몸을 움츠렸다.

"그게…… 그냥 장난을 치다가 저도 모르게……."

당차게 따지던 모습은 온데간데없었다. 이어질 호통에 잔뜩 겁을 집어먹고 아사가 울상을 지었다.

'하아.'

아이를 향한 남자의 얼굴에 복잡한 심경이 드리웠다.

태어나면서부터 자신을 똑 닮은 아이였다. 그래서 지키고 싶었다.

수많은 역사 속에서 사라져 간 샤하의 자식들…….

남자는 자신의 아이를 그런 식으로 잃고 싶지 않았다.

"아사, 나의 아들아."

그가 아들에게로 다가가 몸을 숙이며 눈을 맞췄다. 눈물이 그렁그렁하게 맺힌 아사의 호박색 눈동자가 사랑스럽게 깜박였다.

"난 네가 가진 힘이 싫어서 그러는 게 아니란다. 널 살리기 위해서야."

"……절 살려요?"

"그래, 나와 같이 살기 싫은 것이냐?"

"아니요! 샤하와 같이 살고 싶어요. 샤하의 궁에는 어머니도 계시잖아요. 전 여기서 혼자 사는 거 너무 싫어요!"

그러니 어서 데려가 달라는 눈빛으로 아사는 마구 애원했다. 하지만 남자는 흔들리지 않았다.

"잘 들어라. 네가 그 힘을 숨기지 못한다면 궁에는 들어올 수 없다. 그러면 나도, 어머니도 만나지 못할 테지."

"그건 싫어요! 저도 데려가 주세요! 네?"

"내 말 끝까지 듣거라. 하지만 네가 그 힘을 드러내지 않고 잘 숨긴다면 우린 모두 함께 살 수 있을 거다. 아사, 그곳에는 너의 형도 있단다."

"형이요?"

놀라는 아사의 머리를 쓰다듬으며 남자는 마지막으로 말했다.

"그래, 허니 힘에 대해서는 잊어버리거라. 너조차 네게 그런 힘이 있었다는 걸 잊고 살아. 알겠느냐?"

'내게 형이 있다고?'

멍하니 고개를 끄덕이는 아사의 가슴에 형이라는 한 글자가 새겨지는 순간이었다.

* * *

'형…….'

아사는 꿈을 꿨다.

기다렸던 형과의 첫 만남. 상상했던 것보다 훨씬 근사한 모습의 형은 당시 누군가를 무섭게 야단치고 있었다.

"사드, 이런 것도 제대로 못해서 나의 수호묘가 될 수 있겠어?"

"죄송합니다. 다시 하겠습니다."

무엇을 잘못했는지는 모르지만 사드라는 자가 형 앞에 엎드려 이마를 땅에 대고 용서를 구했다. 그런 그의 한쪽 팔목에는 붉은색 방울이 달려 있었는데, 그래서인지 움직일 때마다 은은한 방울 소리가 울렸다.

"이게 대체 몇 번째야? 대충 할 거면 때려치우고 다시 돌아가든가!"

"잘못했습니다. 용서해 주십시오."

"다시 말하지만, 내가 널 발탁한 건 너의 그 재능이 아까워서야. 타고난 그 능력을 썩히고 싶지 않아서라고. 아무렇게나 부려 먹으려고 했으면 애초에 널 데려오지도 않았어!"

"항상 감사하게 생각하고 있습니다."

"이제 한 달 남았어. 그 안에 날 만족시키지 못하면 난 서약대로 너를 원로원에 넘겨야 해. 틴을 혼자서 걷지도 못하는 불구로 만들었으니 당연히 사형을 면치 못하겠지. 살고 싶으면 날 감동시켜 봐. 알겠어?"

"명심하겠습니다."

"다시 해."

아신이 들고 있던 커다란 서책을 사드에게로 던졌다. 빠르면서도 낮게 날아가는 그 서책은 정확히 사드의 얼굴을 향해 있었다.

"조심해!"

멀리서 그 광경을 지켜보던 아사는 자기도 몰래 외치며 둘에게로 달려갔다.

"뭐야?"

아신이 미간을 오므리며 시선을 돌렸고, 사드 또한 엎드렸던 자세 그대로 고개를 옆으로 틀었다. 그리고 그 순간 무섭게 날아가던 서책이 방향이 바뀌 사드 앞에 얌전히 안착했다.

"엑?"

직선으로 날아가던 것이 별안간 이상한 각도로 휘어지자 아사는 뛰던 것을 멈추고 눈을 동그랗게 떴다.

저렇게 떨어질 수도 있는 것인가?

기이하다면 기이한 현상에 아사가 한순간 고민에 휩싸일 때였다.

"너 누구냐니까?"

어느덧 아신이 아사의 코앞으로 다가와 있었다. 그가 자신보다 머리 하나는 작은 아사를 괴이쩍게 내려다보며 사납게 물었다.

가까이에서 본 아신의 피부는 아사보다 약간 더 검은빛을 띠었다. 하지만 은백색 눈동자는 호수처럼 맑고 푸르렀으며, 아사가 태어나 처음 보는 그의 까만색 머리칼은 마치 비단처럼 고왔다.

아사는 단번에 형이 마음에 들었다.

"혀엉!"

"뭐, 뭐야?"

갑자기 아사가 품으로 뛰어들자 놀란 아신이 한 걸음 뒤로 물러났다.

그 바람에 허공을 헛손질하는 아사의 두 손을 사드가 달려들어 가볍게 뒤로 꺾었다.

"아악!"

갑작스레 느껴지는 고통에 아사가 비명을 내질렀다. 그러자 그에 화답이라도 하듯 사드가 잡은 손에 더욱 강하게 힘을 줬다.

"으아악, 아프게 왜 이래! 이러다 팔 부러져!"

"여긴 아무나 함부로 들어올 수 있는 곳이 아니다. 어떻게 이곳까지 들어왔는지 상세히 고하여라. 사실대로 고하지 않을 시에는 지금 즉시 너의 팔을 뽑아 버리겠다."

아사의 귀에 대고 사드가 무시무시한 말투로 경고했다. 그의 건조하고 탁한 음성이 귓가를 울리자 아사는 절로 몸이 떨렸다.

"난 그냥 형을 보러 온 거야! 그러니 이거 놓고 말해!"

"네놈이 함부로 입에 올릴 수도, 올려서도 안 되는 분이다. 다시 한 번 그런 망언을 지껄인다면 정말로 이 팔이 성치 못할 것이다."

"아, 진짜 나 형 보러 온 거라니까! 아프니까 그만…… 아아아아악!"

어깨가 빠지는 듯한 통증에 아사는 말을 잇지 못하고 주변이 떠나가라 소리를 질렀다. 극심한 고통에 이대로 어이없게 팔을 잃는다고 생각한 그 순간, 갑자기 거짓말처럼 통증이 멈추며 몸이 크게 휘청거렸다.

"헙!"

사드란 자가 신음을 터뜨리며 뒤로 나자빠지는 소리가 들렸다. 그리고 바닥을 향해 곤두박질치는 자신의 몸을 누군가 사뿐히 안아 들었다.

"혹시 네가 아사?"

아사를 받아 든 것은 아신이었다.

그가 흥미로운 장난감을 발견한 어린애 같은 눈빛으로 아사를 훑어보며 물었다.

"말해 봐. 네가 아사인가?"

아신이 아사의 턱을 집어 시선을 자기에게도 돌렸다. 이제 보니 그는 장난감을 발견한 어린아이가 아니라, 그리운 누군가를 만났다는 사실에 기뻐하는 것 같았다.

아사는 용기를 내 대답했다.

"응, 형. 내가 아사야."

아신의 입가가 처음으로 벌어졌다. 웃는 모습이 무척 아름답다고 아사가 느끼는 찰나, 아신이 그의 몸을 세차게 끌어당겼다.

"네가 아사구나! 나의 동생……."

아사를 품에 꼭 끌어안은 아신은 그렇게 한동안 계속 중얼거렸다. 귓가를 울리는 형의 그 음성이 좋아서 아사도 가만히 눈을 감고 편하게 기댔다.

아사, 아사, 아사…….

형의 포근한 목소리는 그때나 지금이나 아사의 기분을 좋게 했다.

계속 불러 줘, 형.

그래, 아사. 내 동생, 아사. 아사, 아사야…….

잠든 아사의 귀로 이름을 부르는 형의 소리가 계속 들려왔다.

꿈이어도 좋았다. 아사는 형의 부드러운 음색에 취해 빙긋 미소를 지었다.

꿈결이지만 자신이 실제로 웃고 있다는 것을 아사는 알 수 있었다. 그리고 그런 자신을 누군가 쓰다듬고 있다는 것도.

'누구?'

굉장히 따듯한 손길이었다. 어딘지 익숙한 느낌. 아사는 볼에서 느껴지는 부드러운 감촉에 의아함을 가졌다.

"……아사, 일어나 봐. 내가 왔어."

형은 아니었다. 조금 전 꿈속에서 들었던 형의 음성은 이거보다 더 낮고 굵었다.

"눈을 떠, 아사. 내가 왔어."

간절함이 밴 그 음성에 아사는 괜히 가슴이 뻐근했다.

'이렇게 날 부르는 게 누굴까?'

"늦게 와서 미안해."

'누군지 모르지만 괜찮아. 미안해하지 마.'

"다신 널 혼자 두지 않을게. 약속해. 그러니 이제 같이 가자, 아사. 눈을 떠."

'날 혼자 두지 않겠다고?'

그 말을 듣자 불현듯 떠오르는 사람이 있었다. 언제나 다정한 눈빛으로 자신을 바라보며 환하게 웃음 짓던 친구. 일족들에게조차 외면당하는 자신을 마치 가족처럼 대하고 보살펴 주었던 존재.

'리안!'

죽음을 눈앞에 둔 순간 아사가 생각한 것은 형도, 아버지도 아니었다.

자신의 죽음에 가장 많은 눈물을 흘릴 인간. 바로 리안이었다.

"아사 님, 접니다. 제발 깨어나십시오. 괜찮으신 겁니까?"

리안이 아닌 다른 말소리가 갑자기 끼어들었다. 그에 아사가 눈가를 찡그리자 날카로운 음성이 이어졌다.

"조용해, 류지. 아사가 싫어하잖아."

"아사 님이 절 싫어하실 리가 없습니다. 그저 깨어나시려고 하시는 것뿐입니다."

"네가 입을 열기 전까지는 안 그랬거든? 저 인간이 말할 때 웃는 거 못 봤어? 너 진짜 아사 수호묘 맞긴 한 거냐?"

"절 모욕하시는 겁니까?"

"지금 생각해 보니 이 녀석을 살린 건 다 이 인간이잖아. 전에도 그렇고 지금도 그렇고. 넌 수호묘 중 최고라면서 어찌 그래?"

의심스럽다는 듯 라문이 팔짱을 끼더니 갑자기 류지를 위아래로 훑어보았다.

속은 쓰리지만 틀린 말은 아니었다. 애써 잊으려는 사실을 다시 한 번 일깨워 주는 라문의 치사함에 류지는 이를 악물 뿐 아무런 대응도 하지 못했다.

리안의 다급한 목소리가 들린 것은 그때였다.

"아사, 정신이 들어?"

라문과 류지의 고개가 휙 돌아갔다. 아사의 눈꺼풀이 들리며 그리운 호박색 눈동자가 드러나고 있었다.

"아사 님!"

"아사!"

라문과 류지가 동시에 아사의 이름을 외치며 바닥에 주저앉았다.

'하아.'

아사의 시야에 제일 먼저 들어온 것은 까만 밤하늘이었다. 별들이 총총히 빛나고 있는 하늘에는 둥근 달도 함께 떠 있었다. 그리고 희뿌연 달무리도.

그렇게 얼마나 지났을까.

서서히 초점이 잡히며 하나둘 얼굴들이 보였다. 그중 아사의 눈을 사로잡은 것은 예전보다 머리가 훌쩍 자란 그의 인간 친구, 리안이었다.

"……리안?"

"그래, 아사. 나야. 내가 제대로 보여?"

"정말 리안이야?"

다시는 보지 못할 거라 생각했다. 아사는 아직도 자신이 꿈을 꾸는 건 아닌지 혼란스러웠다.

리안은 주체할 수 없이 뛰는 심장을 애써 누르며, 녀석의 뺨으로 다시금 손을 가져갔다.

"느껴져?"

"응, 리안의 냄새도 나. 좋다."

리안의 그 손에 볼을 비비며 아사가 희미하게 웃었다. 생기를 잃은 그 미소에 가슴이 미어졌지만 리안은 일부러 티 내지 않았다. 녀석이 눈을 뜨고 말을 할 수 있게 된 것만으로 지금은 충분했다.

"근데 어떻게 된 거야?"

"기억 안 나?"

"생명의 숲이었나? 거기 근처에서 상처를 입었어. 그 후로는 별로 기억이……."

"아직 생명의 숲이야. 라파스 씨가 널 이곳으로 데려와 보살피고 있었어."

"여기가 생명의 숲이라고?"

와리나드에서 어린 시절을 보냈기에 생명의 숲이 얼마나 위험한 곳인지는 아사도 잘 알았다. 녀석이 흠칫 놀라며 황급히 주변을 돌아봤다.

"아앗!"

그러나 늑골 부근에서 느껴지는 고통에 신음을 토하며 바로 눈을 감았다.

"아사 님!"

놀란 류지가 다급히 아사에게로 얼굴을 들이밀었다.

"류지……?"

괴로움에 몸부림을 치던 아사가 멈칫하며 눈을 번쩍 떴다.

근심과 염려가 한가득 담겨 있지만, 언제나처럼 믿음직스러운 류지의 얼굴이 시야를 메웠다.

"네, 아사 님. 접니다! 괜찮으세요?"

"정말 류지야? 시간이 돼도 나타나질 않아서 잘못된 줄 알았어. 아니었구나. 살아 있었구나!"

"아사 님을 두고 제가 어찌 죽겠습니까? 함께 있어 드리지 못해 죄송할 뿐입니다. 용서해 주십시오."

류지의 노란 눈에 물기가 부옇게 차올랐다. 흔들림 없이 언제나 강할 것만 같은 그의 눈물을 리안은 이곳으로 와 벌써 두 번째 마주하고 있었다.

"난 괜찮아. 살아 있다니 참 다행이야, 류지."

"다행은 무슨, 주인은 초주검 상태인데 수호묘는 멀쩡한 게 참 퍽도 다행이다."

"……라문?"

불퉁한 목소리의 주인공을 아사는 그제야 알아차렸다. 예기치 않은 손님에 녀석의 눈이 커졌다.

"이제 알았냐?"

"라문이 여긴 어떻게 온 거야?"

"얘기하자면 길어."

"길어?"

"그래, 뭐 간단하게 말하면 널 구하러 온 거지. 괜찮냐?"

"으응."

눈웃음을 치며 아사가 아주 작게 고개를 끄덕였다. 그러나 녀석의 상태가 대답처럼 그리 좋지 않다는 것은 녀석도 알고 모두가 아는 사실이었다.

리안이 도착했을 때 아사의 몸은 거의 죽은 것이나 다름없을 정도로 처참했다. 가사 상태에 빠진 녀석이 지금껏 죽지 않고 버틴 것은, 위험을 무릅쓰고 하루도 빠지지 않고 물과 음식을 구해 온 라파스 덕분이었다.

거기에 리안이 주었던 헤이어달의 의지가 지닌 마나의 힘이 보태져 녀석의 숨을 간신히 잇게 한 것이다.

말도 못하게 허약해진 아사의 육체는 리안이 모든 마나를 들이붓고 나서야 겨우 위험한 고비를 한 계단 내려섰다.

하지만 말이 한고비지, 상태가 나아지기 위해서는 오랜 시일 지속적인 치료가 필요했다. 게다가 외상보다는 급한 내상을 위주로 치료를 한 탓에, 녀석의 외양은 처음과 크게 다르지 않았다.

"넌 여전하구나."

"……?"

라문의 갑작스러운 말에 아사는 물론 다들 시선이 집중됐다.

"괜찮냐는 말에 그렇다고 답하는 거. 변한 게 없어."

"난 정말 괜찮아, 라문. 이렇게 리안이랑 류지, 거기에 라문까지 와 줬잖아. 이제 걱정 없어."

"그래, 치료 마법인지 뭔지를 쏟아부으면 낫긴 하겠지."

하지만 그 이후엔 어쩔 건데?

마음 같아서는 그리 묻고 싶었지만, 이제 막 깨어난 사촌에게 그걸 물을 만큼 라문도 모질지는 못했다. 죽은 줄 알았던 녀석이 살아 있는 건 기쁜 일이지만, 착잡함이 드는 것 또한 막을 길이 없었다.

그런 라문의 속을 아는지 어쩐지 아사가 자랑스럽다는 듯 리안을 바라봤다.

"라문, 마법사 처음 보지? 그러고 보니 리안이랑 인사는 제대로 한 거야? 잠깐, 리안! 라문이 인간이라고 무시하지는 않았어?"

라문의 성격을 아사가 모를 리 없다. 제멋대로에 장난치기 좋아하는 그가 착한 리안을 얼마나 괴롭혔을지, 불길한 예감이 용솟음쳤다.

"아무 일 없었으니 걱정하지 마."

"정말? 라문이 머리카락을 불로 지진다거나, 독거미를 옷 속에 넣는다거나 뭐 그런 짓 안 했어?"

"아니, 안 그랬는데…… 설마, 아사 너 그런 일을 당한 거야? 라문 님에게?"

리안과 류지의 매서운 눈빛이 라문에게로 향했다. 가헨과 라파스도 이상하다는 듯 라문을 흘깃거렸다. 그러자 라문이 슬쩍 달을 올려다보며 지나가듯 내뱉었다.

"그냥 궁금해서 그런 거야."

"궁금이요? 그래, 무엇이 궁금하셨습니까?"

"그게…… 설명하자면 긴데, 짧게 말해 머리카락은 불에 어느 정도나 버틸까, 독거미에게 쏘이면 언제쯤 몸에 마비가 올까 등등 뭐, 그런 거지."

"그러다 몸에 불이라도 붙으면 화상을 크게 입을 수 있고, 몸에 독이 퍼지면 바로 죽을 수도 있습니다. 그런 걸 궁금하다는 이유로 하셨다고요?"

류지의 얼굴이 점점 차갑게 굳어 갔다.

살기 비슷한 것이 그에게서 쏘아지자 라문이 언성을 높이며 변명했다.

"어! 그게 그렇게 나쁜 거야? 너희들은 안 궁금했어?"

"전혀요. 설사 궁금했다 치더라도 남의 몸에 함부로 그런 짓은 하지 않습니다."

"나도 어려서 그랬지, 지금은 안 그러거든?"

"아아, 자랑이십니까?"

"결과적으로 아무 일도 생기지 않았으니 된 거잖아! 근데 지금 틴 주제에 토우에게 개기는 거야? 아주 한 대 치겠다?"

"걸핏하면 계급 갖고 그러시는데, 유치한 건 아시죠?"

"어, 나도 알아. 그리고 나 원래 유치해, 몰랐어?"

리안 생각에 유치한 것은 라문만이 아니었다. 류지는 몰랐겠지만 라문에겐 신기한 재주가 있었다. 함께 어울리는 사람마저 유치하게 만든다는 거.

"아사, 신경 쓰지 말고 다시 쉬어. 저러다가 말 테니까."

"설마 저 둘 내내 저런 거야?"

리안이 어색하게 웃자 아사가 혀를 차며 고개를 설레설레 저었다. 왜 그렇게 항상 만나기만 하면 으르렁대는지 이해가 통 안 갔다.

"내일부터는 숲을 벗어날 거야. 오늘이 마지막으로 편히 잘 수 있는 기회니까 될 수 있으면 푹 자도록 해."

"리안이 옆에 있을 거지?"

"그럼, 아무 데도 안 가. 그러니 안심하고 자."

"손잡아 줘."

리안의 약속에도 불안했는지 아사가 손을 내밀며 응석을 부렸다. 오랜만에 보는 녀석의 어리광에 리안은 괜스레 마음이 짠해지며 눈시울이 뜨거워졌다.

결국 이렇게 다시 만났다. 그럴 리 없다 생각하면서도 혹시나, 혹시나 염려했던 마음이 비로소 이제야 사라진다.

"고마워, 아사. 살아 있어 줘서."

다정한 리안의 말을 자장가 삼아 아사가 웃으며 눈을 감았다. 그리고 녀석이 완전히 잠이 들었을 때, 리안은 조심스레 일어나 만일을 대비한 알람 마법을 설치했다.

'응?'

그때 갑자기 하늘에서 빗방울이 투둑 떨어졌다. 한두 방울로 시작된 빗방울은 곧 쏴아아 하는 소리를 내며 숲의 정적을 깨뜨렸다.

리안은 재빨리 일행이 있는 곳으로 달려갔다. 대충 지붕이 처져 있어 비를 피할 수는 있었으나, 추위와 소음까지 막을 수 있는 것은 아니었다.

오늘만이라도 아사를 푹 쉬게 해야 했다. 리안의 금빛 마나가 찬란한 빛을 뿜어내며 자고 있는 일행 위로 둥근 막을 형성했다.

"호오."

눈을 뜨고 있던 라문이 막에 부딪혀 허공에서 멈추는 빗줄기를 신기하다는 듯 바라보며 턱을 들었다. 리안은 말없이 그 앞을 지나쳐 아사의 옆으로 가 누웠다.

새근새근 울리는 녀석의 숨소리가 오늘처럼 듣기 좋았던 적은 없었다.

밤마다 침실로 몰래 숨어들던 아사와의 추억을 떠올리며 리안도 곧 스르르 잠이 들었다.

갈수록 빗줄기가 거세졌지만 일행 모두 참으로 오랜만에 달고 긴 잠에 빠졌다.

* * *

여섯이나 되는 일행이 몰려다니면 남들 눈에 띄기도 쉽지만, 그중 인간이 둘이라는 것은 묘인족들에게 아예 광고를 하는 것이나 다름없었다.

하나에서 둘이 되면 인간의 냄새가 그만큼 강해지기 때문에 이동시 이목이 집중되는 것은 불 보듯 뻔했다.

해서 출발 직전에 일행을 세 명씩 두 패로 나누어 숲을 탈출하자는 의견이 있었다.

리안, 아사, 류지. 그리고 라문, 가헨, 라파스.

그러나 절대로 류지와는 떨어질 수 없다는 가헨과, 리안을 지키지 못하면 후일 차이에게 어떤 보복을 당할지 모른다며 라파스가 우기는 바람에 일행은 결국 여섯이 함께하는 것으로 결정이 났다.

가헨이 앞에서 길을 트고, 그 뒤를 라문이, 리안은 라파스와 함께 아사를 양측에서 부축하며 걸었고, 후방은 류지가 맡았다.

섬을 빠져나올 때, 간밤의 자존심을 회복하기 위해 라문이 돌멩이질을 시도한 것만 빼면 일행의 여정은 꽤 순조로웠다 (물론 라문은 실패했다).

"으으, 이놈의 비 드럽게 안 멈추네. 좀 그만 내려!"

구멍이라도 난 듯 하늘에서 비가 쏟아지는 것만 빼면 말이다. 라문이 애꿎은 나무 잎사귀를 뜯으며 허공을 향해 한바탕 욕을 퍼부었다.

"리안, 힘들지?"

"하나도 안 힘들어."

"피, 거짓말."

빗물 때문에 안 그래도 온전치 못한 숲이 온통 진흙투성이였다. 혼자서도 걷기 힘든 그곳을 오로지 자신 하나를 위해 몇 시간을 아무런 불평 없이 부축하는 리안과 라파스에게 아사는 말 못할 미안함을 느꼈다.

"진짜야. 아사랑 같이 있으니 날아갈 것 같은걸?"

몸이 고된 것은 맞지만 그 말만은 진심이었다. 이대로 안전하게 영지로 돌아가 아사를 완벽하게 치료하는 것이 현재 리안의 유일한 목표였다.

생각 같아서는 레어의 치유홀로 바로 녀석을 데려가고 싶지만 지금의 몸 상태로 워프 마법을 시전하는 것은 자살 행위나 마찬가지였다.

간신히 살려 놓은 아사의 목숨을 가지고 도박을 할 수 없었다.

"라파스 씨는 안 그래요?"

일부러 화제를 돌리기 위해 리안은 라파스를 향해 물었다. 눈치 빠른 라파스는 바로 그 뜻을 알아차리고 리안에게 호응했다.

"저는 리안 님을 만나서 날아갈 것 같습니다."

"저를 만나서요?"

"네, 제가 숲으로 들어온 건 이곳이라면 얼마간은 버틸 수 있겠단 희망이 있었기 때문입니다. 지금은 부서졌지만 헤이어달의 의지로 통신을 하시는 모습을 지켜보았거든요."

"아, 그럼 저를……?"

"네, 오실 줄 알았습니다. 아사 님을 버릴 분이 아니시니까요."

그런 사람이었다면 그의 주인이 택하지도 않았을 것이다. 라파스는 아사를 내려다보며 빙긋 웃었다.

"그리고 제가 함께 지내본바 아사 님은 명이 긴 운명이십니다. 옆에 있으면 저도 살 수 있겠다 싶었지요. 하하하."

"역시 차이의 말이 맞았네요. 가장 믿음직한 수하라고 하더니, 묘인족들도 두려워한다는 이 숲에서 참 오래 버티셨습니다."

"저승의 문턱까지 갔다가 돌아온 게 수십 번입니다. 운도 좋았지만 그냥 숲을 믿었어요. 저를 피곤하게 한 만큼 적들을 막아 주는 훌륭한 방어막도 되어 주었습니다."

"참, 그러고 보니 어젯밤 라파스 씨에게서 차이의 기운을 느꼈습니다. 지금 느껴지는 바로는 확실히 다르기는 한데, 어딘지 비슷한 구석이 있네요. 어떻게 된 거죠?"

어제부터 묻고 싶었지만 미처 그럴 틈이 없었다. 리안은 궁금한 얼굴로 라파스를 응시했다.

"아, 그건 아마 제게 주인님의 기운이 서려 있기 때문일 겁니다. 어렸을 때 제가 나무에서 떨어진 충격으로 심하게 앓은 적이 있습니다. 그때 주인님께서 절 살리시려고 직접 원기를 나눠 주셨지요. 이후로 갑자기 힘이 솟아 이렇게 팔팔해진 거라고 할까요? 헤헤."

상대적으로 젊은 나이임에도 라파스가 차이의 수하 중 가장 뛰어난 무력을 갖게 된 것은 그런 사정 덕분이었다. 그가 배시시 웃으며 손가락으로 위를 가리켰다.

"이거 좀 얇아진 것 같은데요?"

"앗! 그런가요?"

라파스의 지적에 리안은 급히 머리 위로 처진 장막에 마나를 불어 넣었다. 리안은 아사의 체온 유지를 위해 녀석에게 보온 마법은 물론, 실드를 이용하여 빗물과 주변 소음을 어느 정도 차단하고 있었다.

"치사하게 너네만 비 피하니까 좋냐?"

앞서 걷던 라문이 어느새 발걸음을 멈추고 무서운 눈초리로 셋을 노려보았다.

아사의 부상을 조금이라도 빨리 치료하기 위해서는 치료 마법을 주기적으로 펼쳐야 하고, 그러기 위해선 리안의 마나가 안정적으로 확보가 되어야 한다.

실드 마법이 저서클의 마법이라고는 하나, 그것을 장기적으로 펼칠 시엔 마나의 소모가 늘어날 수밖에 없다.

해서 환자인 아사에게만 해 주기로 이미 합의한 사항이거늘, 젖은 몸이 불쾌하다는 이유만으로 라문은 내내 툴툴거렸다. 어제 비를 막아 주는 것이 아니었다.

"라문 님, 또 뒤처지시면 어떡합니까? 빨리 가십시오."

라문 때문에 리안 일행이 본의 아니게 발을 멈추자 류지와의 거리도 좁혀졌다.

"가헨이 멈추라고 해서 멈춘 거거든?"
"가헨이요?"
"그래, 아무래도 비가 멈출 때까지 여기에서 피하는 게 좋겠다면서 기다리라고 했다. 왜!"
"여기?"
의아해하는 일행을 향해 라문이 혀를 날름거리며 옆을 가리켰다. 폭우로 인해 시야가 가려져 잘 보이진 않았지만 두께를 가늠하기 힘든 거대한 나무 한 그루가 모두의 눈을 사로잡았다.
"얼른 안 가고 뭐 해?"
일행이 나무에 정신이 팔린 사이 어느 틈엔가 라문이 리안의 실드 아래로 들어섰다.
"그렇게 급하시면 먼저 가시지 그러셨습니까?"
"호오, 역시 좋단 말이야. 저 바깥보다 따듯하고 조용해. 인간, 넌 재주가 참 많아?"
류지의 핀잔을 모른 척 흘려 넘기며 라문이 새삼스레 리안을 칭찬했다.
"라문, 많이 추웠어?"
"그래, 여기 다 젖은 거 안 보이냐?"
마치 이 모든 게 아사의 탓이라는 듯 라문이 가죽조끼를 신경질적으로 팍팍 털었다.
"류지, 류지도 이쪽으로 오세요."
잠시일지라도 비를 맞는 것보단 피하는 게 나았다. 해서 리안이 그를 불렀지만, 류지가 괜찮다며 거목 쪽으로 곧장 걸었다.

"그런데 가헨 님은 왜 안 오시죠?"

"주변을 좀 둘러보고 온다고 했으니 곧 오겠지. 그보다 먹을 것 좀 없어?"

거목답게 나무둥치 근처는 폭우 속에도 비 피해가 적었다. 넓적한 돌부리에 엉덩이를 대고 앉으며 라문이 먹을 것부터 찾았다(배낭에 짊어지고 온 식량은 이미 라문의 배 속으로 사라진 지 오래다).

한심하다는 듯 류지가 쯧쯧거리는데 라파스가 허리춤에서 뭔가를 꺼내 라문에게 넘겼다.

"이거라도 드시겠습니까?"

"뭔데?"

"육포입니다. 제가 직접 만든 거라서 맛이 어떨지는……."

반색하던 라문의 얼굴이 급히 실망감으로 물들었다. 숲에 들어와 육포를 하도 먹었더니 이제 육포라는 말만 들어도 턱관절이 시큰거릴 지경이었다.

그러나 배가 고픈 것보다는 차라리 아픈 게 낫다.

"줘 봐."

라문이 라파스의 손바닥에서 빼앗듯 육포를 가져가 자신의 입으로 쑤셔 넣었다.

리안은 피식 웃으며 아사를 향해 돌아앉았다.

"아사, 쉬어 가는 김에 치료하는 게 좋겠어. 자, 천천히 심호흡해."
"오늘 벌써 두 번이나 했는데 또 해? 리안도 좀 쉬지."
"난 괜찮으니까 걱정 마."
리안이 짐짓 엄하게 말하자 아사가 잠시 샐쭉거리다 곧 작게 숨을 몰아쉬었다. 리안은 그런 아사의 배 부근에 손을 대고 서서히 정신을 집중했다.
까앙—!
갑자기 웬 소리가 울린 것은 그때였다. 리안의 금빛 마나가 막 아사의 몸으로 전이되려는 찰나, 어디선가 굉음이 터졌다.
일행의 고개가 일제히 그곳으로 돌아갔다. 쏟아지는 비로 인해 선명하게 들리진 않았지만 분명 날카로운 무언가끼리 부딪치는 소리였다.
"가헨!"
제일 먼저 류지가 튀어 올랐다. 라문이 이어 달렸고, 마지막으로 리안과 눈빛을 주고받은 라파스가 빗속을 뚫고 그들을 쫓았다.
"리안……."
아사가 두려움에 찬 눈으로 리안을 올려다봤다.

숲에서 만나는 비는 불행을 불러온다.

그 순간 뜬금없이 리안은 간밤의 글귀가 생각났다.

쏟아지는 폭우, 바닥난 체력, 집요한 적들.

상황이 별로 좋지 못하다.

하지만 그렇다고 여기서 질 순 없다.

“아사, 빨리 끝내자.”

리안은 마음을 가라앉히며 멈췄던 치료 마법을 다시 시전했다. 그것이 누구든 아사를 해치려는 자가 있다면 절대 용서치 않겠다 다짐하면서.

제10화

진실

깡— 깡—

소리는 한 번으로 끝나지 않았다. 연이어 들리는 소리를 따라 류지가 숲을 가로지르며 달렸다.

"캬르르르, 하악!"

'가헨!'

거센 빗줄기로 잠시 방향을 잃었던 류지의 고막을 가헨의 야성이 일깨웠다. 야성이라 함은 전투시 묘인족이 내는 소리로, 적에게 투쟁심을 내보여 사기를 끌어 올리는 일종의 자기방어였다.

류지의 신형이 질퍽한 땅 위를 피해 나무줄기를 밟으며 더욱 빠르게 허공을 날았다.

"캬하아아아!"

다행히 류지가 도착했을 때 가헨의 상태는 무사해 보였다. 몇 군데 상처를 입고 피를 흘리고 있었지만 가헨은 결코 녹록지 않은 전사다.

류지가 살기를 드러내며 가헨을 향해 다가가자 그를 포위하고 있던 묘인족들이 주춤거리며 뒤로 물러났다. 그들의 수는 족히 서른은 넘었고, 모두가 일류 전사들이었다.

"괜찮아?"

류지가 묻자 가헨이 입술을 훔치며 몸을 곧추세웠다.

"아직까지 끄떡없습니다."

류지는 고개를 끄덕이며 앞으로 한 걸음 내디뎠다. 아무것도 아닌 그 동작에 몇몇 묘인족들이 움찔하며 뒷걸음질을 쳤다. 그에 류지의 입꼬리가 올라갔다.

"이번은 그냥 넘어가겠다. 모두 물러가라."

낮지만 또렷한 류지의 음성이 빗속을 뚫고 적들의 귀에 가 꽂혔다. 하나 그 명에 굴복하는 자는 한 명도 없었다.

애초에 그들은 류지의 수하가 아니었고, 목적 또한 류지의 뜻과는 달라도 너무 달랐다.

척. 척. 척.

그때 구석의 어느 한 곳에서 누군가 빗속을 뚫으며 앞으로 걸어 나왔다. 그를 본 류지와 가헨의 눈이 잠시 커졌다가 돌아왔다.

"미겔."

"내 이름을 기억하다니 놀랍군."

조소에 찬 얼굴로 류지 앞에 나타난 사내는 키는 좀 작았지만 탄탄한 근육으로 온몸이 뒤덮여 있었다. 특이한 점은 묘인족 대부분이 장발인 것에 비해 그는 머리카락이라곤 한 올도 보이지 않았다.

"당연히 알다마다. 열등감에 휩싸인 묘인족은 그리 쉽게 볼 수 있는 게 아니거든."

류지의 비웃음에 미겔이란 자의 이마에 굵은 주름이 몇 가닥 잡혔다.

그러나 그는 부정하지 않았다. 류지만 없었다면 묘인족 최강의 전사라는 타이틀은 미겔의 것이었다.

그 때문에 미겔이 류지를 꺼려하는 것은 묘인국에서 큰 비밀도 아니다. 실력도 엇비슷하고 또래인 데다가, 계급조차 같은 틴이라는 이유로 어려서부터 숱하게 비교를 당하며 살아왔다.

언제나 미겔보다 한 발 앞서던 류지. 미겔에겐 지금이 그런 류지를 없앨 다시없을 기회였다.

"시작하라."

미겔이 차가운 어투로 명령했다.

"정녕 피를 보겠단 거냐?"

미겔은 어떤 대답도 없이 뒤로 물러섰다. 잠시 소강상태에 빠졌던 장내에 다시금 살기가 들끓었다. 서른이 넘는 묘인족들이 포위를 좁히며 조금씩 접근했다.

"나를 원망하지 마라!"

류지가 그들에게서 눈을 떼지 않은 채 몸을 웅크리며 경고했다.

"크르르르르!"

꽉 다문 입술 사이로 야수의 울음소리가 흘러나왔다. 호리호리하던 몸체가 마치 고무처럼 거대하게 부풀어 올랐다.

지면을 단단하게 움켜잡고 있던 발가락과 가느다란 손가락이 쫙 벌어지며, 류지의 머리색과 같은 털이 수북하게 솟아났다.

사아악—

그리고 그 털들 사이로 날카로운 손톱과 발톱이 튀어나왔다. 마지막으로 입술 위로 뾰족한 송곳니가 내려왔을 때, 류지가 웅크렸던 몸을 펼치며 포효했다.

"카하하악!"

묘인족의 진정한 모습, 전투 본능을 최대로 이끌어낸 류지의 또 다른 형상이었다.

"하아악!"

미겔의 수하들도 질세라 송곳니를 드러내며 야성을 터트렸다.

"죽여라!"

이어지는 미겔의 척살명. 한 묘인족이 발톱으로 지면을 할퀴며 류지에게로 뛰어올랐다. 그 뒤를 다른 두 명의 묘인족이

틈새를 두고 덤벼들었다.

파각!

류지도 가만히 서 있지만은 않았다. 그가 튕겨 나가자 진흙 더미가 함께 솟구쳤다.

"크하아악!"

가장 먼저 달려들던 묘인족이 비명을 내질렀다. 류지가 그의 어깨를 손톱으로 찍어 누르며 재차 허공으로 도약했다.

철퍽!

묘인족이 쓰러지며 흙탕물이 튀어 올랐다. 그때 뒤를 잇던 묘인족 하나가 류지를 덮쳤다.

쐐애애액!

류지의 예리한 발톱이 그의 배를 갈랐다.

"커헉!"

다시 외마디 소리가 터졌고, 동시에 거대한 그림자가 류지의 위에 드리웠다.

쿵!

강한 충돌음이 번지며 류지가 묘인족과 뒤엉켜 바닥을 굴렀다.

"큭!"

어깨에서 갑작스러운 통증이 느껴졌다. 처음부터 이것을 노린 듯, 상대는 오로지 류지의 어깨만을 집요하게 물고 늘어졌다.

"이 정도로 나를 죽일 수 있을 것 같으냐?"

류지가 어깨를 물린 채 천천히 다리를 세우며 일어났다. 그런 그의 손은 상대의 목덜미를 틀어쥔 채였다.

상황을 뒤늦게 인식한 묘인족의 눈이 한순간 겁에 질리며 물고 있던 어깨를 놓았다. 동시에 류지의 손아귀에 힘이 들어갔다.

"크륵!"

묘인족의 단발마가 빗소리에 묻혔다. 류지는 축 늘어진 몸뚱이를 옆으로 밀치며 적진을 노려보았다.

"죽어 버렷! 하악!"

또 다른 묘인족 몇이 그런 류지의 옆을 노리고 달려들었다. 류지의 한 손이 앞선 묘인족의 머리채를 잡아 무릎에 대고 가격했다. 이어 덤벼드는 묘인족의 가슴을 발로 걷어찼다.

"하아악!"

"크하아악!"

그 순간 기다렸다는 듯 류지의 양쪽에서 묘인족이 튀쳐나왔다. 그들은 곧장 류지의 왼쪽 어깨와 오른팔을 자신들의 날카로운 송곳니로 세게 깨물었다.

"크하아앙!"

류지가 사자의 울음 같은 소리를 토해내며 오른팔을 크게 휘둘렀다. 그 충격에 오른팔을 물었던 묘인족의 송곳니가 부러지고, 피를 튀기며 뒤로 날아가 바닥에 처박혔다. 류지는 연이어 몸을 팽이처럼 돌려 왼쪽 어깨를 지면을 향해 비틀었다.

쿵!

어깨에 매달려 있던 묘인족이 원심력을 이기지 못하고 땅으로 떨어졌다. 그 묘인족의 가슴을 발톱으로 내리찍으며 류지가 양팔을 벌리고 목을 들어 올렸다.

"크허어어엉!"

살기 가득한 류지의 포효가 생명의 숲 전체에 울려 퍼졌다.

"이때다!"

미겔의 사악한 명령이 숲에 메아리쳤다.

촤르르르륵!

어린아이의 손목 정도 되는 굵기의 쇠사슬로 만들어진 그물이 류지의 머리 위에 펼쳐졌다.

류지의 신형이 빛살처럼 튕겨졌지만 커다란 쇠사슬을 완전히 피하지는 못했다.

철커거걱!

간발의 차이로 류지의 몸이 육중한 무게와 쇠사슬에 엉켜 바닥에 무릎을 꿇었다.

"놈의 목줄을 끊어라!"

묘인족 하나가 살심을 드러내며 류지에게 접근했다.

"내가 그렇게 놔둘 것 같으냐?"

가헨의 그림자가 놈의 옆구리를 노리며 날아갔다. 둘은 곧 진창이 된 바닥을 뒹굴었다.

"류지부터 죽여라!"

미겔이 인상을 쓰며 외치자 남아 있던 묘인족들이 일제히 류지를 향해 덤벼들었다.

그때였다.

"떼로 덤비는 것도 치사한데 이젠 쇠망까지 동원해? 미겔, 그렇게 안 봤는데 참 치사하다!"

싸움터와는 전혀 어울리지 않는 장난스러운 음성과 함께 누군가 류지 앞으로 뛰어내렸다.

"으핫!"

그런데 착지 순간에 발을 헛디뎠는지 두 팔을 허우적거리다가 흙탕물 속으로 고꾸라졌다.

"젠장!"

욕지기를 뱉으며 일어선 주인공은 라문이었다. 그가 떨어지는 빗물에 얼굴을 씻어내며 투덜댔다.

"이놈의 비, 진짜 짜증 나네!"

라문의 어이없는 등장에 주춤하던 묘인족들이 곧 정신을 차리고 달려들려던 순간이었다.

"머, 멈춰라!"

다급한 미겔의 호통이 뒤에서 터져 나왔다.

"힉!"

황급히 손을 거두느라 균형이 무너진 묘인족 하나가 꼬인 발을 풀지 못하고 라문 앞으로 데굴데굴 굴러갔다.

"인사 한 번 거하구나."

그런 묘인족의 뒤통수를 손으로 꾹 내리눌러 바닥에 처박은 뒤, 라문이 미겔을 향해 손을 흔들었다.

"안녕, 미겔!"

"라문 님!"

당황한 미겔의 뺨이 바르르 떨렸다. 그가 다급히 고개를 숙여 예를 갖췄다.

이름의 첫 글자로 이미 라문의 신분은 공개된 것이나 다름없었다. 근처에 있던 미겔의 수하들이 그를 따라 재빨리 허리를 굽혔다.

"이런 상황에 인사는 무슨 인사. 그냥 하던 거 마저 해."

"배려는 감사합니다만, 거긴 위험하오니 이쪽으로 오시는 게……."

"난 신경 쓰지 말라니까?"

속사정이야 어떻든 지금 일어나는 모든 일은 명목상 샤하의 후계자끼리 벌이는 다툼이었다. 어째서 아신을 지지한다는 라문이 아사의 일행에 끼어 있는지는 모르지만, 샤하의 부인인 아라다의 조카이자 최연소 원로이기도 한 라문을 미겔은 다치게 할 수 없었다.

"아아, 날씨 좋다!"

방금 전까지 비 때문에 짜증이 난다고 할 땐 언제고, 라문이 엉켜 싸우고 있는 가헨과 묘인족 사이로 산책하듯 걸어갔다. 그리곤 등을 지고 있는 묘인족의 뒤에 대고 버럭 소리를 질렀다.

"왁!"

놀란 묘인족이 털을 바싹 세우며 손톱을 휘둘렀다.
사각!
피한다고 피했지만 라문의 뺨에 붉은 실선이 하나 그어지며, 공중으로 핏방울이 튀었다.
"으아아악, 피다! 피!"
라문이 방방 뛰며 소리치자 미겔이 이를 갈며 명령했다.
"모두 물러나라!"
라문의 뺨에 생채기를 낸 묘인족은 물론, 다른 이들 또한 전부 두세 걸음씩 물러서며 거리를 벌렸다.
"으으, 이게 다 너 때문이야!"
라문이 갑자기 쇠망에 걸린 류지 앞으로 가 손가락질하며 노성을 내질렀다.
"네 녀석이 바보같이 걸리는 바람에 이렇게 되었잖아!"
"누가 참견하라고 했습니까?"
"어쭈? 거기서 계속 그러고 싶은 모양이지?"
"가헨은 손이 없습니까?"
"뭐?"
적들이 물러남과 동시에 가헨은 이미 쇠망을 풀고 있었다. 그 모습을 미겔은 억울한 눈빛으로 잠자코 지켜볼 수밖에 없었다.
곧 류지는 풀려났고, 살기를 일으키며 다시 앞으로 나섰다.
"라문 님은 이제 저만치 떨어지십시오. 더 이상 끼어드시면 곤란해지십니다."

"야! 고맙다는 말 정도는 해야 할 거 아니야?"

"이 상황에 그 말을 꼭 듣고 싶습니까?"

"어!"

당연한 듯 고개를 끄덕이는 라문을 류지가 기가 막혀 바라볼 때였다.

등을 보이는 류지에게 명을 어기고 묘인족 하나가 달려들었다. 아니, 달려들려고 했다.

별안간 어디선가 폭우를 뚫고 단검 하나가 날아와 그의 발 앞에 꽂혔다.

파박!

단검의 방향은 류지의 왼편 나무 위에서 시작되었다. 자연스레 모두의 시선이 모였다.

"늦었습니다."

단검의 주인은 라파스였다. 상황을 살피느라 나무 위에 숨어 있던 그가 히죽 웃으며 모습을 드러냈다. 겉옷을 벗은 그의 허리에는 단검이 빼곡하게 꽂힌 가죽 벨트가 둘러져 있었다.

"인간 주제에!"

묘인족은 무기를 사용하지 않는다. 폭우와 전투로 정체 파악이 늦었을 뿐 실물을 본 이상 가만둘 수 없었다.

류지를 공격하려던 묘인족이 발톱으로 나무줄기를 찍으며 라파스를 향해 뛰어올랐다.

"덤비신다면 얼마든지!"

라파스는 여유롭게 양손으로 단검 두 자루를 뽑아 자신에게로 날아드는 묘인족의 손톱을 막았다.

캉!

마치 칼과 칼이 부딪히는 듯한 소리가 빗속을 뚫고 퍼졌다.

"캬아악!"

묘인족이 야성을 터트리며 다른 손톱으로 라파스의 얼굴을 노렸다. 그러나 공격은 또다시 실패로 돌아갔다. 라파스의 신형이 전광석화보다 빠르게 밑으로 숙여졌기 때문이다. 그리고 그 상태로 원을 그리며 묘인족의 정강이를 후려쳤다.

빠각!

묘인족이 짧은 신음과 함께 나무 아래로 떨어졌다. 그 사이 라파스의 단검이 손바닥 안에서 핑그르르 돌았다. 단검을 역수로 잡은 라파스는 묘인족 위로 뛰어내리며 단검을 그대로 그의 심장을 향해 내리찍었다.

"끄헉!"

묘인족의 신체가 활처럼 휘더니 이내 축 늘어졌다. 라파스는 아무 일 없었다는 듯, 죽은 묘인족에게서 단검을 뽑아 소매에 피를 닦았다.

천천히 류지의 옆에 가 서는 그를 묘인족의 살기 어린 시선이 좇았다.

*　*　*

리안이 아사의 치료를 마치고 격전지에 도착했을 땐 여전히 싸움이 한창이었다. 다행인 점은 일행 중 크게 다친 이가 없었고, 적들 중 반 이상이 몸을 가눌 수 없는 상태라는 것이었다.

"이제 와?"

비를 피해 나무 아래 쪼그리고 앉아 있던 라문이 리안과 아사를 향해 손짓했다. 리안은 아사를 부축해 그 앞으로 데려갔다.

아사를 발견한 적들이 힐끗거리는 게 보였지만 당장 덤빌 만한 입장의 묘인족은 한 명도 없었다.

"어느 편도 아니라고 하시더니 여기서도 마찬가지시네요. 혼자서 편하게 쉬고 계실 줄은 몰랐습니다."

"그 말 취소야."

"네?"

"너희 오기 전에 나도 한 건 했거든. 저 녀석이 살아 돌아가면 내가 아사 편이라고 떠들고 다닐 거야. 그러니 류지가 이참에 아예 없애 버려야 해."

"저자는 혹시 미겔?"

아사가 류지와 싸우는 상대를 알아보고는 눈을 가늘게 모았다.

"아사, 아는 자야?"

"응, 형의 수하야. 류지 다음으로 강한 녀석이지."

안 그래도 걱정으로 가득하던 녀석의 얼굴에 수심이 더해졌다. 그리고 그건 리안도 비슷했다.

아무리 류지가 묘인족 최강의 전사라지만 그의 몸은 이미 많이 지쳐 있었다. 일반 병사라면 몰라도 바로 다음 실력자라 불리는 자와 겨룰 상태는 아닌 것이다.

그것을 증명이라도 하듯 줄곧 지켜보고 있던 라문의 표정이 심각하게 변했다.

"류지 녀석, 그냥 확 멱을 따 버리면 될 것을 왜 저렇게 질질 끄는 거야? 이래선 내가 구해 준 보람이 없잖아!"

"라문 님이 류지를 구하셨다고요?"

"엉! 저 녀석 아까 쇠망에 걸려서 꿈쩍도 못했거든. 어어어어, 저러면 안 되는데!"

라문이 벌떡 일어서며 소리쳤지만 그게 들릴 리 만무했다.

"리안……."

아사가 리안의 손을 잡으며 간절한 눈빛으로 바라봤다. 녀석이 무슨 말을 하려는지 안 봐도 뻔했다. 리안은 고개를 끄덕이며 라문에게 말했다.

"아사 좀 부탁드리겠습니다."

"응?"

"소란이 커지면 묘인족들이 더 몰려올 겁니다. 그전에 서둘러서 빠져나가야 합니다."

"그걸 누가 몰래?"

"제가 돕겠단 뜻입니다. 제가 마법으로 저들을 잠시 막아 볼 테니 라문 님이 아사를 책임져 주세요."

이제는 혼자서도 걸을 수 있을 정도는 되었지만, 폭우가 쏟아지는 지금의 상황에서는 다소 무리였다. 비로 인해 진창이 된 바닥은 아사의 기운을 빠르게 빼앗아 갔다.

"알았어, 막을 수 있다면 얼른 해 봐. 나도 여기 더 이상 있기 싫다고."

숲이라면 징글징글했다. 라문이 아사의 팔을 붙들며 리안에게 길을 내주었다. 리안은 전장으로 걸어 나가며 마인드 랭기지를 펼쳤다.

『류지, 가헨 님, 라파스 씨, 제 말 들리시죠?』

각자 전투에 임하느라 답을 하진 않았지만 리안은 그렇다고 믿고 자신의 계획을 전달했다.

『여기서 시간을 더 끌면 우리에게 불리합니다. 언제 저들의 편이 합세할지 모르니까요. 해서 제가 비책을 하나 마련했으니 뜻에 따라 주세요.』

리안은 하늘을 한 번 바라보았다가 지형을 살피며 다시 말을 이었다.

『지금부터 적들을 한곳으로 몰아 주십시오. 위치는 현재 류지가 있는 곳이 좋겠습니다. 거기에 세 분이 다 모였을 때, 제가 신호를 보낼 거예요. 그러면 최대한 신속하고 빠르게 뒤로 물러나 주십시오. 안 그러면 크게 다치실 수도 있습니다. 아시겠죠?』

리안은 제대로 듣지 못했을 시를 대비해 정확한 목소리로 재차 반복했다.

그렇게 얼마나 지났을까.

빗물과 질퍽한 땅 때문인지 처음에는 애를 먹는가 싶더니, 이윽고 가헨과 라파스가 서서히 싸움을 류지 쪽으로 몰아갔다.

류지는 류지대로 현 위치에서 벗어나지 않게 미겔이 뒤로 물러나려고 하면 즉시 수세에 몰리는 척 힘을 뺐고, 그러다 자신이 밀리면 다시금 돌변해 미겔을 밀어붙였다.

그러다 기회가 왔다.

『지금이에요!』

리안이 남아 있는 마나를 최대한으로 끌어 올리며 그들에게 신호했다.

"모두 물러나!"

류지가 소리치며 발을 굴러 뒤로 점프했다. 가헨은 근처 나무를 밟고 뛰어올랐고, 라파스는 상대의 가슴을 발로 차 그것을 추진 삼아 후방으로 붕 떠올랐다.

"프리즌 오브 파이어!"

동시에 리안의 입에서 시동어가 터져 나왔다. 묘인족들을 향해 뻗은 리안의 두 손에서 금빛 마나가 출렁이며 쏟아져 나갔다.

갑자기 물러나는 상대로 인해 잠시 어리둥절해하던 묘인족들은 거대한 기운이 몰려들자 크게 당황했다. 재빨리 벗어나려고 했지만 그땐 이미 늦은 후였다.

별안간 뜨거운 기운이 훅 끼치더니 사방에 불꽃이 피어올랐다. 묘인족들을 둘러싸고 수직으로 올라선 불기운은 상공의 어느 지점부터 둥근 타원형을 형성했다. 순식간에 태어난 불의 감옥이었다.

활활 타오르는 감옥 속에 갇힌 묘인족들은 중앙에 한데 모여 어쩔 줄 몰라 했다. 하늘에서 쏟아지는 빗물도 야속하게 불의 장막을 뚫지는 못했다.

"우와, 엄청난걸!"

리안이 생성한 불의 감옥에서 눈을 떼지 못하고 라문이 연방 탄성을 질렀다. 이런 마법은 처음이었는지 라파스도 내심 놀란 얼굴이었고, 류지와 가헨 또한 창졸간에 생긴 변화에 어리벙벙한 표정이었다.

비책이 있다기에 시키는 대로 하긴 하였지만, 다들 이런 엄청난 것일 줄은 미처 생각하지 못한 것이다.

"허억!"

그러나 정작 마법을 펼친 리안은 갑작스러운 현기증에 신음을 토하며, 허리를 숙이고 다리를 부여잡았다.

"리아안!"

놀란 아사가 빗줄기를 뚫으며 리안에게로 달려갔다. 몇 걸음도 가지 못해 휘청거리는 녀석의 몸을 잡느라 라문은 다시금 비를 맞아야 했다.

"리안, 왜 그래? 뭐가 잘못됐어?"

다가온 아사가 리안의 등에 손을 대며 걱정스레 물었다. 리안은 몸을 굽힌 채 녀석을 향해 고개를 돌리며 애써 웃었다.

"아니, 잘못되지 않았어. 그냥 힘을 갑자기 몰아서 써서 그래."

"리안 님! 괜찮으십니까?"

멍해 있던 라파스도 뒤늦게 쫓아와 리안의 상태를 걱정했다. 리안은 그들을 위해서라도 애써 힘겹게 몸을 일으켰다.

"전 괜찮습니다. 오랜만에 상급 마법을 썼더니 몸이 좀 놀랐을 뿐이에요."

"상급 마법이라면 설마 6서클을 말씀하시는 겁니까?"

라파스는 유일하게 마법에 대한 지식을 가진 인간이었다. 말로만 들었던 상급 마법을 견식했다는 것이 믿기지 않는다는 듯 그가 입을 다물지 못했다.

"네, 하나하나 상대하다 보면 너무 시간이 길어질 것 같아서 생각해낸 건데 여러분 덕분에 성공했네요. 다행입니다."

"저희가 아니라 리안 님이 하신 겁니다. 살면서 6서클의 마법도 다 보고, 주인님께 가서 자랑이라도 해야겠습니다."

"지금은 저렇듯 열심히 타오르고 있지만 이런 폭우가 지속된다면 아마 오래가지는 못할 겁니다. 빠져나가려면 서둘러야 해요."

"하지만 리안 님께선 지금 몸 상태가……."

"걸을 수는 있으니 문제없습니다. 저는 염려 마……!"

일행에게 걱정을 끼치지 않게 일부러 웃음을 짓던 리안의 얼굴에서 순식간에 미소가 걷혔다.

이유는 한 남자 때문이었다. 아무리 기운이 빠진 상태라지만 언제 이토록 가까이 접근을 했는지조차 알아차리지 못했다.

온몸에 비를 맞으며 유유히 등장하는 외팔이의 사내.

그를 본 일행의 눈이 튀어나올 것처럼 커졌다.

"……사드."

그를 가장 먼저 알아본 것은 아사였다. 어째서인지 녀석이 리안의 옷깃을 붙들며 부르르 몸을 떨었다.

'사드?'

그자라면 리안도 몇 번 들어서 알고 있었다. 2년 전 아사를 놓친 죄로 팔을 잘리고 내쫓겼다는 아신의 최측근 수하.

야킨의 말에 따르면 그 뒤로는 아무도 본 자가 없다고 하였는데, 어째서 이곳에 나타난 것일까?

그는 묘한 분위기를 지닌 자였다.

터번도 쓰지 않고 비를 맞은 탓인지 뺨과 목, 어깨에 머리칼이 지저분하게 달라붙어 있었다. 반쯤 감은 눈은 탁한 회색빛을 띠고 있었는데, 그 눈 속에서 리안은 왠지 모를 증오를 느꼈다.

팔이 없는 한쪽 소매 부분이 빗물에 젖은 채 축 처진 것이 그를 한층 더 스산하게 보이게 했다.

"네놈이 여긴 어쩐 일이냐?"

류지가 일행의 앞을 막아서며 사드에게 일갈했다.

한데 착각일까?

리안은 류지의 그 음성에서 그가 긴장하고 있음을 눈치챘다.

그뿐만이 아니었다. 사드를 본 이후로 라문도 이상하게 말이 없었고, 가헨 또한 언제 어느 때든 튀어 나갈 준비를 하고 있었다.

'왜?'

기척을 숨긴 채 다가온 것에 대해서는 리안도 높이 평가한다. 하지만 마나 장악력을 통해 감지되는 그의 능력은 결코 류지의 위가 아니었다.

그렇다고 아래라는 것은 아니었지만, 어쨌든 일행이 힘을 합친다면 사드라는 자도 충분히 제압이 가능했다. 이제 와서 싸움을 포기할 수는 없었다.

하지만 잠시 후, 리안은 자신의 생각이 크게 잘못되었음을 깨달았다.

류지의 물음에 아무 말 없이 서 있기만 하던 그가 갑자기 불의 감옥을 향해 온전한 한쪽 손을 들어 쫙 펼쳤다. 그런 그의 입에서 리안이 언젠가 들어본 듯한 말이 흘러나왔다.

"**빌데끼뜨나!**"

아신!

그때와 완전히 똑같지는 않지만, 류지의 저택에서 리안을 도와줬던 그날 밤 그가 사용한 언어였다.

태어나면서부터 갖게 되는, 오로지 선택받은 자만이 펼칠 수 있는 마법 같은 힘.

무형의 기운이 그의 손에서 뻗어 나가 권능을 실현했다.

촤아아아아아—

언제까지나 훨훨 타오를 것 같던 불의 감옥이 한순간에 사라지며 회색빛 연기가 그 자리를 메웠다.

권능을 알아본 시점부터 예상을 하기는 했지만, 남은 마나를 모두 바쳐 생성한 마법이 너무 쉽게 사라지자 리안의 허무함은 상당했다.

"사, 살았다!"

"무우울!"

미겔과 수하들이 허겁지겁 웅덩이를 찾아 뛰어들었다. 몇몇은 고개를 한껏 뒤로 젖힌 채 내리는 빗물에 몸을 내맡겼다.

"사드란 자가…… 권능을 가진 능력자였군요."

"권능에 대해 알고 계셨습니까?"

"네, 전에 본 적이 있습니다."

의아함이 들었지만 류지는 이내 이해하고 넘어갔다. 리안이 아신을 만났었단 사실을 떠올린 것이다. 묘인족조차 권능을 지닌 자를 만나는 것이 쉬운 일이 아니거늘, 리안은 벌써 두 번째 마주하고 있었다.

"저들이 다시 일어서고 있습니다."

뜨거운 기운이 어느 정도 가셨는지 미겔과 수하들이 움직이기 시작했다. 사드란 자가 별달리 입을 열지는 않았지만, 느낌상 그의 지시하에 이뤄지는 것 같았다.

"저자는 제가 맡겠습니다."

"리안, 안 돼! 사드는 아무리 리안이라도 이길 수 없어!"

"제가 상대할 테니 물러나 계십시오!"

"저도 돕겠습니다."

리안의 한마디에 아사가 놀라 소리쳤고, 류지와 라파스가 합심한 듯 사드를 맡겠다고 나섰다. 자신을 우려하는 그들의 마음은 알지만 리안은 굽히지 않았다.

"마법사는 접니다. 제가 상대하는 게 가장 적합해요."

"조금 전에 그러고도 마법을 쓸 수 있다고? 리안, 거짓말하지 마!"

"아사, 걱정 말고 라문 님 옆에 잘 붙어 있어. 이번에도 얼른 끝내고 돌아올게. 알았지?"

"리안……."

아사의 호박색 눈동자가 사정없이 흔들렸다. 옷자락을 쥐고 놓지 않는 녀석의 손을 억지로 떼어내며 리안은 마나하트에 집중했다.

무심히 물러나 있던 사드가 그 순간 갑자기 고개를 쳐들었다. 그의 시선은 정확히 리안의 가슴 부근에 와 꽂혔다.

우리 묘인족은 기감이 매우 밝은 종족이거든.

왜 자꾸 아신이 했던 말들이 불쑥 떠오르는 것일까. 두 번의 만남에서 모두 그는 리안에게 마나를 조절하지 못한다고 훈계를 했었다.

'후우.'

그 충고를 먼저 생각했더라면 주의를 했을 테지만, 지금은 이미 늦었다. 사드가 빗속을 가르며 리안을 향해 서서히 다가오고 있었다.

"사드, 거기까지다."

생각지도 못한 음성이 리안의 귀를 파고든 것은 그때였다.

이제는 익숙하다면 익숙해진 음성. 놀랍게도 장내에 새롭게 등장한 자는 아신이었다.

사드가 나타났을 때보다 더 큰 긴장이 일행을 휘감았다. 몸이 닿고 있지 않은데도 아사가 떨고 있다는 게 느껴졌다. 라문은 여전히 말이 없었고, 다른 일행은 작금의 상태에 어쩌지 못하고 경직된 표정만 짓고 있었다.

이상한 것은 사드의 반응이었다.

아군의 등장에 기뻐해야 하는 게 정상일 텐데, 오히려 이쪽보다 더 놀란 얼굴이었다. 마치 주인 몰래 나쁜 짓을 하다가 걸린 것처럼 몹시 두려워하는 기색이었다.

"……오랜만에 뵙습니다."

그러던 그가 정신을 차린 듯 뒤늦은 예를 올렸다. 질퍽해진 땅 같은 건 상관없다는 듯 무릎을 꿇는 그에게선 아신을 향한 공경과 충성이 느껴졌다.

"일어나라."

아신이 딱딱한 어조로 명했다. 그에 상처라도 받은 양 사드가 흠칫 떨더니 천천히 몸을 일으켰다.

"널 찾으려고 수백 명을 동원했는데도 찾지 못했거늘, 계속 이곳에 있었더냐?"

"……."

"여관에 머무른 나의 뜻이 무엇인지 너는 모르지 않았을 터이다. 왜 날 찾아오지 않았느냐?"

"……."

"진정 샤하의 유일한 핏줄을 죽일 셈이냐?"

"……!"

리안이 놀라 눈을 부릅떴고, 아사가 고개를 번쩍 쳐들었다. 아신의 갑작스러운 고백에 리안 일행은 물론 미겔과 그의 수하들까지 정지된 듯 움직이지 않았다.

오로지 라문만이 더듬거리며 아신에게 물었다.

"혀, 형…… 그게 무슨 말이야? 샤하의 유, 유일한 핏줄이라니……?"

"라문, 너도 알고 있는 거 아니었어?"

"알다니? 뭐를?"

"내 출생에 대한 소문 말이야."

고저 없는 음성이지만 리안에겐 보였다. 오만함에 찌들어 있던 그의 자존심은 이미 박살이 났고, 가슴 속은 피멍이 들어 있었다.

"소, 소문이라니 형, 그게 무슨 소리야? 그건 그냥 지어내기 좋아하는 놈들이 자기들 마음대로 지껄이는 거잖아. 샤하를 두고 아라다 고모가 바람을 피웠을 리가 없어! 절대로!"

라문의 절규와도 같은 외침에 아신은 그저 쓰게 웃었다. 그 바람의 결과가 자신이라는 것은 구태여 자기 입으로 말하고 싶지 않았다.

아신의 시선이 이제껏 애써 피하던 동생인 아사를 향해 움직였다. 처음으로 두 형제의 눈빛이 폭우 속에서 해후했다.

"미안하다, 아사."

"……!"

"늦게 온 나를 용서해라."

동생에게 용서를 구하는 아신의 모습은 진실된 한편 당당했다. 샤하의 자식이 아님을 모두가 보는 앞에서 선포하고 있음에도 그는 비굴하지 않았다.

"거, 거짓말이야! 형이 샤하의 자식이 아니라니! 그럴 리 없어!"

미웠던 형이지만, 형이 형이 아니게 되는 게 아사는 더 싫었다. 아사가 울부짖듯 외치자 아신이 똑똑히 들으라는 듯 다시 한 번 말했다.

"아사, 네가 샤하의 유일한 핏줄이다. 난 어머니께서 내 작은 아버지인……!"

"그만하십시오! 그건 사실이 아닙니다!"

아신이 소문에 대해 직접적으로 언급하려 하자 사드가 흥분해 소리쳤다. 그의 탁한 회색빛 눈동자가 아사를 노려보며 이글이글 타올랐다.

"아신 님은 샤하께서 인정한 유일한 후계자이십니다! 다음 대 샤하가 되실 분은 아사 님이 아니라 아신 님입니다!"

"사드, 그게 사실이 아니라는 건 너도 알잖아. 이제 미련을 버려!"

"제가 아는 건 아신 님께서 샤하가 되셔야 한다는 겁니다! 오직 제 샤하는 아신 님뿐입니다!"

"아직도 그렇게 모르겠어? 사드, 너만 내려놓으면 모든 게 끝나. 다 편안해질 거야. 그러니 제발 내려놔!"

"아니요, 제가 이래야만 아신 님이 편안해지실 겁니다. 아신 님은 샤하가 되기 위해 태어나신 분입니다! 절대 다른 분이 될 수 없어요!"

마치 상처 입은 한 마리의 야수를 보는 듯했다. 사드가 눈을 희번덕거리며 외치더니, 발로 지면을 차는 것과 동시에 온전한 손을 앞으로 내뻗었다.

"**쿼하이지아!**"

순식간에 벌어진 일이었다. 길고 투명한 무형의 기운이 무서운 속도로 일행을 향해 날아왔다. 그 기운이 향하는 끝에는 새롭게 안 진실에 혼란스러워하는 아사가 있었다.

"아사!"

리안의 심장이 덜컥 내려앉았다. 리안은 본능적으로 아사를 향해 뛰어들었다.

"커헙!"

리안과 부딪친 충격으로 아사가 신음을 뱉으며 진흙 바닥을 굴렀다.

"리안 님!"

라파스의 비명이 이어졌다. 그 소리에 엎어진 채로 아사가 황급히 고개를 들었다. 그런 아사의 눈에 믿을 수 없는 광경이 들어왔다.

리안의 몸이 천천히 뒤로 쓰러지고 있었다. 폭우 속에 온몸을 내맡긴 채. 심장에 커다란 구멍이 뚫린 채.

"……리, 리안!"

아사가 뒤늦게 소리쳤지만 소용없었다. 아무런 답도 하지 못하고 쓰러지는 리안의 눈에서 한 방울의 눈물이 흘러내렸다.

툭!

마침내 리안의 몸이 바닥과 완벽한 수평을 이뤘다. 아사의 세계가 그 순간 움직임을 멈추고 정지했다. 녀석이 엎어졌던 자세 그대로 리안을 향해 나아갔다.

온몸이 진흙투성이가 되고 흙탕물이 얼굴에 튀었지만 아사는 상관하지 않았다. 오로지 리안의 목소리를 듣기 위한 일념으로 기고 또 기었다.

허나 그런 녀석의 노력에도 불구하고 리안의 입술은 조금의 미동도 없었다. 식어 버린 두 눈 또한 떠진 채로 빗물을 고스란히 맞고 있었다.

믿을 수 없는 현실이었다.

리안이 죽었다.

절대로 자신을 두고는 죽지 않으리라 여겼던 리안이 바로 눈앞에서 죽음을 맞이했다. 그것도 자신을 살리려다가.

"주, 죽었어? 정말……?"

아사가 더듬거리며 리안의 몸을 흔들었다. 방금 전까지 자신을 향해 웃었다는 게 믿어지지가 않을 정도로 아무런 반응이 느껴지지 않았다.

멈추었던 시간이 아주 천천히 조금씩 돌아가기 시작했다. 아무런 소리조차 들리지 않던 공간에서 갑자기 우레와 같은 빗소리가 쏟아졌다.

아사가 서서히 몸을 일으켰다. 초점 없던 눈동자에 불이 들어왔고 녀석의 몸이 부풀어 올랐다.

옷과 머리칼이 나부꼈다. 엄청난 기운이 아사의 내부에서 용솟음치며 주변을 휘몰아쳤다.

"죽인다."

낮게 그르렁거리는 아사의 음성은 마치 다짐과도 같았다.

"마항가!"

알아들을 수 없는 언어가 아사의 입에서 흘러나왔다. 이어 치지직 하며 녀석의 손에 파란 불꽃이 맺혔다. 아사는 망설임 없이 그 불꽃을 사드를 향해 내리꽂았다.

거대한 섬광이 일대를 덮쳤다. 엄청난 힘의 기류에 밀려 일행 모두가 근처로 튕겨 나갔다.

공중에 떠오른 리안의 육체를 라파스가 잡으려 했지만 간발의 차이로 놓치고 말았다. 힘을 잃은 리안의 신체가 폭발의 여파를 타고 보이지 않는 곳으로 멀리 날아갔다.

생명의 숲이 불타올랐다.

『마법군주』 9권에서 계속

외전

차이의 수면기

나는 뒤돌아보지 않으려고 애썼다. 몸 상태에 대해서는 내가 가장 잘 안다. 지금이 레어로 돌아갈 수 있는, 내게 남은 마지막 기회였다.

하지만 그걸 알면서도 난 마차를 뛰쳐나가고 싶은 욕구와 싸워야 했다.

충동을 억제하기 위해 이를 악물고 좌석 끄트머리를 꽉 붙들었다.

"……괜찮으십니까?"

그런 내가 안쓰러웠는지 맞은편에 앉은 세자르가 걱정스럽게 물었다. 그의 시선은 내 얼굴이 아닌 마차의 바닥을 향해 있었다.

똑똑.

붉은 핏물이 보였다. 방금 전까지 내 몸을 채우고 있던 뜨거운 피가 가느다란 혈 향과 함께 손목을 타고 바닥을 적시고 있었다.

좌석의 모서리는 이미 부서진 지 오래였다.

날카로운 손톱이 살 속으로 파고들어 잔인한 생채기를 내고 있었다.

고통 따위는 느껴지지 않았다.

난 멍하니 손을 들어 찢어진 손바닥을 한동안 뚫어지게 바라보았다.

"닦으십시오."

보다 못한 세자르가 내게 손수건을 내밀었다. 아무런 무늬도 표시도 없는 순백색이었다.

난 기계처럼 순순히 손수건을 받아, 아직도 피가 나고 있는 손바닥에 둘렀다. 찌릿한 통증이 그제야 느껴졌다.

"시장하지는 않으십니까?"

"몇 끼 굶는다고 죽지 않아."

"못 뵌 사이 핼쑥해지셨습니다."

"수면기잖아."

세자르의 잔소리가 길어질 것 같아 나는 일부러 딱딱하게 대꾸했다.

내 뜻을 알아차렸는지 세자르도 침묵하며 더 이상 말을 걸지 않았다.

그렇게 얼마나 지났을까.

갑자기 나도 모르게 입에서 불쑥 욕이 튀어나왔다.

"젠장."

"주인님?"

평소 하지 않던 욕을 하자 놀랐는지 세자르가 두 눈을 크게 뜨며 나를 불렀다.

난 창밖으로 말없이 시선을 돌렸다.

그런 내 머릿속으론 처음으로 수면기에 대한 불쾌감이 생겨나고 있었다.

난 여러 가지 면에서 아버지와 달랐다. 모든 일에 활발하고 능동적이셨던 아버지는 수일 동안을 아무것도 하지 않고 오직 잠만 자야 한다는 사실을 몹시 못마땅해하셨지만, 난 아니었다.

수면기는 지루한 삶을 살아가는 나에게 죽음과 점차 가까워질 수 있는 유일한 낙이었다.

한순간 자고 일어나면 훌쩍 지나가 있는 시간이야말로 내게는 가장 큰 선물이었던 것이다.

선대로부터 이어진 길고 긴 생명력.

그 수명은 나에게 누구보다 강한 힘을 기를 수 있게 해 주었지만, 수많은 죽음과 고통을 지켜봐야 하는 괴로움 또한 안겨 주었다.

인생을 함께했던 이들이 죽어 가는 모습을 봐야 한다는 것은 생각보다 쉽지 않다. 죽음 앞에서 익숙함이란 없다. 수많은 죽음을 체험했지만 아직도 그 상황이 닥치면 내 가슴은 먹먹해지곤 한다.

그래서 난 수면기를 좋아했다. 그때만큼은 모든 잡념을 버리고 오래도록 편하게 쉴 수 있어서 늘 수면기가 오는 시간을 고대하곤 했다. 나의 몸이 가장 위험해지는 순간임에도 불구하고.

하지만 지금은 그 수면기란 것이 원망스럽기만 하다.

'리안…….'

건강하게 돌아오길 바란다는 그의 목소리는 온통 나에 대한 염려뿐이었다.

평생 지켜 주겠노라 다짐했던 분에게 오히려 걱정을 심어주다니.

아무리 불가항력이라지만 내 처지가 한심하게 느껴지는 것은 어쩔 수가 없다.

"손수건을 못쓰게 되었군."

어느새 피가 멎었다.

대신 새하얗던 손수건이 잠깐 사이에 붉은 핏물로 얼룩덜룩해지고 말았다.

그에 내가 눈살을 찌푸리자 세자르가 손수건을 다시 챙겨

가며 말했다.

"세탁하면 되니 신경 쓰지 마십시오."

"레어는 어때?"

아직도 내 머리 한쪽에는 두고 온 그에 대한 생각뿐이었다. 내가 화제를 돌리자 세자르가 기다렸다는 듯 대답했다.

"손님이 오셨던 것 말고는 특별히 별다른 일은 없었습니다."

"손님?"

"네, 켄 님이 다녀가셨습니다. 오랜만에 찾아온 손님이 다들 반가웠던지, 레어 전체에 활기가 넘치고 분위기가 아주 좋았습니다."

"또 한바탕 레어를 뒤집어 놓았나 보군."

"아닙니다. 오히려 매일 밤 노래를 불러 주신 덕분에, 저는 물론 모두가 기분 좋게 잠자리에 들 수 있었습니다. 그간 불면증으로 고생했던 내니 님도 그걸 계기로 기력을 많이 회복하셨고요."

내니라 함은 칠십이 넘은 노파였다. 노쇠하여 지금은 아무 일도 하고 있지 않지만, 몇 년 전까지만 해도 크라우저 후작 가문의 모든 대소사를 총괄하던 여장부였다.

그녀가 편해졌다는 소식에 난 기분이 조금 나아졌다.

"웬일로 그 녀석이 기특한 짓을 했군."

내가 켄을 칭찬하자 세자르가 희미하게 웃으며 말을 이었다.

"일주일 정도 주인님을 기다리시다 둥지로 돌아가셨습니다. 곧 다시 오겠다고 하시긴 했는데 그게 언제가 될지는 모르겠습니다."

"올 때 되면 오겠지. 그 녀석이야 워낙 여기저기 잘 쏘다니는 체질이니까."

"예전보다 얼굴의 문양이 많이 진해지셨더군요."

"그래?"

"네, 강해 보이셨습니다."

"훗, 그럼 이제 제법 조인족 티가 나겠군."

남들보다 긴 수명을 갖고 태어난 내가 나보다 먼저 죽을 것을 고심하지 않아도 될 유일한 친구가 바로 켄이었다.

조인족(鳥人族)인 녀석은 본래 수명이 긴 것도 있지만, 독수리 일족의 계승자로서 유독 더 길고 강한 생명력을 갖고 태어났다.

나만 보면 항상 재잘거리기 바쁜 녀석을 떠올리자 피식 미소가 지어졌다.

"두 분이 친구가 되신 지도 꽤 되었지요?"

"아무래도 세자르가 없었을 때부터니까."

"주인님께 켄 님과 같은 친구 분이 계신 게 얼마나 다행인지 모르겠습니다. 이제 칼리스타 백작님까지 계시니 저는 죽어도 여한이 없습니다."

세자르는 내가 짊어진 외로움에 대해 가장 잘 이해하고 동감하는 수하 중 한 명이었다.

그래서인지 점점 나이가 들수록 지금과 같은 말을 자주 하고는 한다.

그들의 죽음에 내가 힘들어하는 반면, 그들은 나를 두고 떠나는 것에 대해 괴로워했다.

어느 쪽이 더 슬프고 아플까.

나는 아직도 그 답을 알지 못한다. 내가 누군가를 두고 떠나는 날이 온다면 알 수 있을까.

난 우울해지는 마음을 다잡으며 최대한 아무렇지 않은 음성을 내기 위해 노력했다.

“당장 죽을 것처럼 왜 그래? 앞으로 살날이 최소 50년은 더 남았으니까 걱정하지 마.”

“저는 평범한 인간입니다. 10년, 20년 정도면 몰라도 50년은 너무 깁니다.”

“그거야 두고 보면 알겠지. 세자르는 장수(長壽)할 운명이야. 날 믿어.”

이런 이야기는 지속해서 좋을 것이 없다. 난 대화를 종결하며 마부 석과 연결된 쪽문을 열었다.

“아이작, 이제 슬슬 따돌리는 게 좋겠어. 속력을 높여.”

“벌써 말입니까?”

갑작스러운 지시에 놀랐는지 아이작이 움찔하며 뒤를 돌아보았다. 그의 긴 머리칼이 바람 때문에 내 쪽을 향해 어지럽게 흩날렸다.

"단단히 준비한 모양이야. 서둘러서 나쁠 것 없으니 그렇게 하자고."

"그건 그렇지만 그래도 조금 더 가서 하는 게 낫지 않을까요? 지금 발동하면 제 실력으로 레어까지는 무리일 것 같습니다."

"내가 보충하면 돼."

"주인님께서요? 하지만 지금은……."

"그 정도는 괜찮아. 염려 말고 곧 시작해."

수면기에 대해 언급하려는 아이작의 말을 자르며 나는 문을 닫았다. 예상대로 곧바로 세자르의 만류가 이어졌다.

"주인님, 안 됩니다. 안 그래도 지금 무리하고 계시는데, 그러다 진짜 탈이라도 나면 어쩌시려고요. 아이작의 말처럼 좀 더 기다리는 것이 좋겠습니다."

"더 안 좋아질까 봐 일찍 가려는 거야. 여기서 잠이 들면 그때야말로 정말 곤란하잖아."

난 창밖을 향해 턱짓했다. 그곳에는 실제로 보이진 않지만 타운젠드 공작이 뿌려 놓은 수많은 추적자들이 나를 뒤따르고 있었다. 이번에는 나름의 실력자들을 섭외한 듯 기척들의 수준이 상당했다.

세자르도 내심 그 점이 불안했던지 마뜩잖은 기색이었지만 더 이상 반대하지 않았다.

잠시 후, 마차 밖에서 아이작의 우렁찬 외침이 들려왔다.

"꽉 잡으십시오!"

난 앉은 자세에서 똑바로 눈을 감고 정신을 집중했다. 찰나를 사이로, 우르르하는 소리와 함께 공간 자체가 무섭게 흔들렸다.

파핫!

눈을 감고 있었으나 섬광이 번쩍이는 것을 느낄 수 있었다. 동시에 마차가 상상할 수 없는 속도로 빠르게 달리기 시작했다.

사방에서 감지되던 기척들이 얼마 지나지도 않아 전부 사라졌다. 아마 지금쯤 엄청나게 당황들 하고 있을 것이다. 눈앞에 있던 마차가 별안간 종적을 감췄으니 누구라도 어리둥절하리라.

보통의 마차라면 절대 내지 못할 속도로 나아가고 있는 이 마차는 돌아가신 아버지께서 손수 만드신 작품이었다.

얼마나 무시무시한 물건이냐면, 마차의 바퀴마다 상급의 마정석이 박혀 있고, 몸체 구석구석에는 헤이스트부터 강화, 경량화 등 필요한 마법이란 마법은 모두 걸려 있었다.

당연히 마차를 끄는 네 마리의 말 또한 평범한 말이 아니었다.

아버지께서 손수 교배시켜 탄생한 새로운 종자, 일명 '암버드'라 불리는 녀석들은 특수 훈련을 통해 마법을 견디고 마차를 끌 수 있도록 단련해 왔다.

지금 마부석에 앉아 있는 아이작은 바로 아버지 때부터 그 일을 전담하여 맡아 온 가문의 후손이었다.

아이작은 암버드와 마차 간의 연결 고리나 마찬가지였다. 그가 있어야지만 암버드가 힘을 낼 수 있고, 그래야지만 마차가 제 성능을 발휘할 수 있었다.

본인의 실력으로 무리라고 한 것은, 경험과 기술이 늘어날수록 암버드와 마차를 조종할 수 있는 시간이 늘어나는데, 현재 위치에서는 레어까지 자신이 없다는 뜻이었다.

몸 상태가 썩 좋지는 않지만 지금은 일단 아이작의 부족한 부분을 내가 채우면 될 터였다. 추적자들을 떠나서 수면기를 이겨내고자 너무 힘을 뺐는지, 레어에 가서 어서 쉬고 싶은 심정이었다.

'그래야 돌아갈 수 있는 시간도 그만큼 빨리 올 테니까.'

나는 마차가 제대로 움직일 수 있도록 온 신경을 아이작에게 쏟았다.

* * *

생각했던 것보다 몸 상태가 좋지 못했다. 레어에는 무사히 도착했지만 억지로 힘을 당겨쓴 탓인지 걷는 것조차 버겁게 느껴졌다.

이제껏 살면서 이 정도로 몸이 약해졌던 적은 없었다. 난 마차에서 내리자마자 바로 수면실로 향했다.

그러나 레어 안으로 들어가기 직전 하늘에서 찢어지는 듯한 소리와 함께 불청객이 찾아왔다.

올려다보니 커다란 독수리 한 마리가 머리 위에서 원을 그리며 빙빙 돌고 있었다.

"켄 님이 오신 듯합니다."

날 부축하고 있던 세자르가 반가운 표정을 지었다. 그에 반해 난, 나도 모르게 한숨을 내쉬며 인상을 찌푸렸다. 녀석이 왔다는 것은 적어도 얼마간은 잡혀 있어야 한다는 뜻이기 때문이다. 절대로 그냥 놔줄 성미가 아니었다.

아니나 다를까.

화가 난 듯한 괴성을 토해내며 녀석이 전속력으로 지면을 향해 내리꽂혔다. 엄청난 바람과 소음이 주변에 휘몰아쳤다.

"남 생각 안 하는 건 여전하군."

"다행히 아무도 없습니다."

나의 핀잔에 세자르가 웃으며 녀석의 편을 들었다.

"우린 사람 아니야?"

아이작이야 암버드와 마차를 손보러 갔다지만 엄연히 이곳에는 나와 세자르가 있었다. 그것에 내가 불평하자 세자르가 어깨를 으쓱이며 흙먼지가 나에게 날아오지 못하도록 막아섰다.

쐐애애앵—

콰앙!

바닥에 내려선 것은 새하얀 머리에 붉은색 눈과 노란 부리를 가진 거대한 독수리였다. 머리, 눈, 부리. 이 세 부분을 빼고는 온몸이 숯덩이처럼 검은, 사람 몸체만 한 크기의 독수리였다.

잠시 나를 향해 사나운 눈빛을 발하던 독수리는 곧 환한 빛을 뿜어내며 인간으로 변했다.

나의 백 년 지기 친구, 켄 모로의 등장이었다.

"차이, 너 정말 너무하는 거 아니야? 어?"

녀석이 날 보자마자 양 눈을 매섭게 치켜뜨며 다짜고짜 따졌다.

어째서 화가 난 건지는 모르겠지만 안 그래도 빨간 녀석의 눈동자가 활화산처럼 부글부글 끓고 있었다.

"왔냐."

"그래, 왔다! 어쩔래!"

분해서 도저히 참지 못하겠다는 듯 켄이 내 앞으로 다가오더니 고개를 빳빳이 들었다. 그래 봤자 녀석의 키로는 내 턱까지도 오지 못한다. 난 눈을 내리깔며 물었다.

"뭐 때문에 그래?"

"너 지금 그걸 몰라서 묻냐? 엉? 내가 위에서 다 봤거든!"

"봐?"

"그래! 날 보자마자 얼굴을 찌푸렸잖아! 어떻게 그럴 수가 있어? 내가 얼마 만에 찾아온 건데!"

켄이 빽빽 소리를 지르며 머리를 흔들자 녀석의 흰 머리칼이 몇 가닥 공중으로 흩날렸다. 조인족인 켄은 인간으로 변신하면 머리카락이 깃털 모양으로 바뀐다.

바닥으로 힘없이 떨어지는 깃털들을 바라보며 내가 되물었다.

"그게 뭐 어쨌다는 건데? 그리고 작년 이맘때쯤 왔었으니 일 년밖에 안 되었잖아."

"커억! 그, 그게 뭐가 어째? 일, 일 년밖에는 안 됐다구?"

기가 막힌다는 듯 켄이 방방 뛰며 제자리에서 뱅글뱅글 돌았다. 아까운 깃털이 녀석에게서 마구 떨어졌다.

"켄, 그러다 깃털 다 빠지겠다. 그만하고 진정해."

"시끄러! 내가 지금 진정하게 생겼냐? 엉? 차이 네가 예전부터 몰인정한 건 알았지만 정말 이 정도일 줄은 몰랐어! 실망이라고!"

근처에 유리 제품이 없다는 것이 천만다행이었다. 조인족들은 뛰어난 시력도 시력이지만, 음파를 조절하는 능력이 있다.

특히나 켄은 쉽게 흥분하는 성격인 데다가 화만 나면 소리를 질러대는 통에, 한때 레어에 유리가 남아나지 않은 적도 있었다.

'끄응.'

가뜩이나 피곤한 몸에 정신적 피로가 겹치자 갑자기 두통이 일었다.

이 녀석을 어떻게 돌려보내야 할까. 내가 그런 고민을 하는데 세자르가 끼어들었다.

"켄 님, 지금 주인님의 몸 상태가 매우 안 좋으십니다. 이야기는 일단 들어가신 다음에 이어서 하시는 게 어떨까요?"

"응? 이 자식, 어디 아파?"

"켄 님께서도 아시다시피 수면기에 드실 때가 한참 지나셨습니다."

"아, 맞다! 수면기에 들기 전에 인사라도 하려고 왔더니만, 너 웬 인간을 주인으로 맞았다지? 그러고 보니 얼굴에 핏기가 하나도 없잖아! 완전 창백해!"

"일찍도 알아본다."

내가 드러난 한쪽 눈으로 지그시 쏘아보자 기세등등하던 녀석이 찔끔하며 뒤로 물러났다.

"알았어, 일단은 들어가자고. 하지만 아직 끝난 거 아니야! 들어가서 남은 얘기 마저 해야 하니깐 바로 자면 안 돼! 알겠냐?"

난 켄이 떠들거나 말거나 세자르의 부축을 받으며 레어 안으로 걸음을 옮겼다. 그때야 내가 혼자서는 걷지도 못할 만큼 힘든 상태라는 것을 깨달았는지 녀석이 뒤따르며 계속 호들갑을 떨었다.

"헐헐, 너 진짜 괜찮은 거냐? 그러다 훅 가는 거 아니냐고! 차이, 날 두고 죽으면 안 돼! 나도 네 목숨 한 번은 살려 주고 싶단 말이야. 그래야 공평하지!"

"이 정도로 죽지 않으니깐 안심해. 그리고 예전 일이라면 그만 잊어. 그게 언제 적 일인데 아직도 기억하는 거야?"

"네가 아니었다면 짐승에게 먹혔거나 인간 손에 잡혀가 노예가 됐을 텐데, 그걸 어떻게 잊어? 넌 내 목숨을 구해 준 은인이잖아!"

"누누이 말했지만 우연히 마주쳐서 도와줬을 뿐이야. 이제는 다 지난 일이기도 하니, 그 일에 대해서는 너무 부담 갖지 마."

"우리 조인족은 은혜를 저버리는 몰상식한 짓은 하지 않아! 너희 인간들과는 다르다고!"

켄이 버럭 소리를 지르자 근처 유리창이 쨍그랑 소음을 내며 깨졌다.

하아, 이 녀석은 내가 지금 환자나 다름없다는 것을 알고는 있는 걸까?

쫑쫑거리며 따지는 켄을 보고 있자니 원하지도 않는 옛 기억이 저절로 떠올랐다.

한 백 년 전쯤이었을 거다. 어미 품을 떠나 갓 날갯짓을 시작한 녀석이 둥지 밖으로 멀리 나왔다가, 인간들이 쏜 화살을 맞고 추락한 적이 있었다.

대낮이었지만 숲 한복판에서 오도 가도 못하는 신세가 된 켄은 죽기 살기로 달렸다. 피 냄새를 맡고 모여드는 포악한 짐승들과, 사냥감을 포획하기 위해 쫓아오는 인간들을 피해서.

그런 녀석이 나의 눈에 띈 것은 사냥꾼과 늑대로 사방이 포위되었을 즈음이었다. 마침 숲을 지나던(거긴 내 사유지였다) 내가 소란을 듣고 무슨 일인가 싶어 갔다가 녀석을 목격한 것이다.

그때의 겁에 질려 있던 켄의 모습이 아직도 생생하게 떠오른다.

당시의 나는 아끼던 수하의 죽음으로 한창 괴로워하던 중이었다. 그랬기에 누군가 내 앞에서 죽는다는 것을 용납할 수 없었다.

난 주저 없이 칼을 뽑아 켄을 뺀 나머지 인간과 짐승들을 그 자리에서 모두 도륙했다.

어찌 보면 그것은 모순이었다. 켄을 살리기 위해 그들을 죽였으니까.

그땐 미처 그 점까지 생각하지 못했지만, 며칠이 지나고 나서 난 그 사실에 일말의 죄책감을 느꼈다. 비록 그들이 내 사유지에서 불법으로 사냥을 하던 자들이었으나 다른 방식으로 벌을 주었어도 되었을 것이다.

그때의 난 마치 무언가에 홀린 사람 같았다. 켄이 내 수하라도 된 듯 정성스레 치료했고, 완쾌된 녀석은 덕분에 무사히 둥지로 돌아갈 수 있었다.

그리고 며칠 후 답례랍시고 녀석은 보석 몇 개를 들고 날 다시 찾아왔다. 보석 같은 건 필요 없다고 거절했지만 녀석은 막무가내였다. 오히려 가져온 게 싫으면 다른 걸로 주겠다며 더욱 귀찮게 굴었다.

인간에게 배타적인 조인족과 친구가 된 것은 따지고 보면 녀석의 그런 집착 때문이리라(난 결국 원하지도 않는 보석을 억지로 받아야만 했다).

"주인님, 누우십시오."

옛 기억에 잠겨 있던 사이, 어느덧 침실에 다다랐다.

"아니, 앉는 게 낫겠어."

난 애써 침대에서 눈을 떼고 소파로 향했다.

"잘 생각했다!"

종종거리며 바로 켄이 따라와 앉았다.

'후우.'

푹신한 의자에 몸을 기대니 사라졌던 기운이 좀 돌아오는 듯했다. 그리고 난 그제야 정면에 앉은 켄의 얼굴을 제대로 볼 수 있었다.

"진짜였군."

"뭐가?"

아직도 화가 풀리지 않았는지 켄이 뾰로통한 눈길로 나를 쳐다봤다.

"무늬 말이야. 작년보다 확실히 진해졌어."

"그걸 이제 알았냐? 쳇!"

녀석이 톡 쏘아붙이더니 고개를 팩 돌렸다. 이런 식으로 한 번 토라지면 오래간다는 것을 잘 아는 나는, 녀석을 달래기 위해 입을 열었다.

"멋지다."

"됐거든!"

"색이 진해지니 훨씬 남자다워 보여."

"흥! 입에 침이나 바르고 말해라!"

"진심이야. 이젠 나와 싸워도 제법 버티겠는걸?"

"버티다 뿐이냐? 차이 너 정도면 이제 이 한 손으로도 끝낼 수 있다고!"

당장 싸워 보자는 듯 녀석이 주먹을 불끈 쥐며 외쳤다. 다른 때였다면 몸소 실천으로 녀석과 나의 격차를 일깨워 줬을 테지만 불행히도 지금은 그것이 불가능했다.

난 말없이 그저 픽 웃었다.

"뭐냐? 그 웃음의 뜻은?"

"글쎄."

"보아하니 내 실력을 지금 의심하나 본데, 너 잘 봐라. 내 얼굴이 작년이랑 어떻게 달라졌는지. 엉?"

켄이 이글이글 눈빛을 불태우며 손가락으로 자신의 얼굴을 가리켰다. 난 웃지 않으려고 애쓰며 녀석의 무늬를 살피는 척

했다.

조인족은 다른 종족에 비해 인간으로 변했을 시 드러나는 특징이 확연하다. 먼저 언급했던 깃털 모양의 머리카락이 그 첫 번째고, 두 번째는 새의 발 모양과 같은 발, 그리고 세 번째는 얼굴에 새겨진 문양이었다.

문양은 일족마다, 그리고 개인마다 다르게 나타나는데, 켄의 무늬는 나비 형상을 하고 있었다.

코를 중심으로 두 날개가 양쪽 눈과 뺨을 덮는 형태라고 할까.

날 때부터 고유의 문양을 지니고 태어난다는 조인족은, 어릴 땐 아무 표시도 없다가 어느 순간 발현이 되고, 이후로는 강해질수록 색이 진해진다고 한다.

짙어진 표식은 녀석의 황갈색 피부와 어우러져 이전보다 강렬한 인상을 심어 주었다.

"정말 멋지다."

"하, 할 말이 그것밖에는 없냐?"

거듭되는 칭찬에 무안했던지 녀석이 얼굴을 붉히며 말을 더듬었다.

"아니, 또 있어."

난 그런 녀석을 보며 방금 전에 막 떠오른 생각을 입 밖으로 꺼냈다.

"부탁 하나만 하자."

"갑자기 무슨 부탁?"

뜬금없다고 여겼는지 켄이 인상을 쓰며 물었다. 난 이해를 바라는 어투로 이야기를 시작했다.

"세자르에게 들어서 알고 있을 거야. 나에게 주인이 생겼다는 거."

"그래, 안다, 알아! 내가 안 그래도 막 그 얘기를 할 참이었거든! 너 어떻게 그럴 수가 있냐? 내가 인간에게 무슨 꼴을 당할 뻔했는지 그새 잊었어? 나를 두고 어떻게 인간 따위를 주인으로 삼을 수가 있어!"

기가 막힌다는 듯 켄이 또다시 고래고래 악을 썼다.

"켄, 진정해. 나도 인간이야."

"넌 좀 다르잖아!"

"그도 달라."

"다르긴 뭐가 달라! 너 그새 그 인간 편드는 거냐? 엉?"

새빨간 눈동자를 부라리며 소리치는 녀석에게 난 최대한 목소리를 내리누르며 말했다.

"드래곤의 힘을 계승하셨다."

"……뭐?"

"그분이 드래곤의 힘을 이으셨다고. 그럼 이해가 되겠지?"

"뭐, 뭐야? 설마…… 차이…… 너…… 그래서……."

꽤 충격적인 소식이었는지 켄이 황당하고 멍한 표정으로 낮게 중얼거렸다. 난 시간이 부족했기에 바로 용건으로 들어갔다.

"내 부탁이란 지금 말한 나의 주인을 네가 좀 지켜보았으면 하는 거다."

"으잉? 나보고 뭐를 하라고?"

태어나 이보다 황당한 얘기는 들어 본 적 없다는 듯 녀석의 얼굴이 이상하게 일그러졌다.

"너에겐 일도 아니잖아. 살살 비행이나 하면서 살펴보는 것쯤은 할 수 있겠지?"

"당연히 할 수 있어! 하지만 내가 왜 그래야 하는데? 그 인간이 나에게 뭐라고!"

"나에겐 소중한 사람이다."

"헐! 소중한? 그럼 난! 나는 뭔데?"

약이 바짝 오른 녀석이 내게 따지듯 물었다. 난 잠시 동안 그런 녀석을 응시하다가 대답했다.

"내 오랜 지기인 켄 모로에게 내가 처음이자 마지막으로 하는 부탁이다. 너라면 믿고 편히 잘 수 있을 것 같거든."

"……!"

"그럼 잘 부탁한다."

나의 진심이 전해진 것일까. 쉬지 않고 쫑알거리던 녀석의 입술이 드디어 움직임을 멈췄다.

그리고 그 순간 사방이 핑그르르 돌며 현기증이 찾아왔다. 이제 정말 수면실로 가야 할 때가 온 것이다. 난 관자놀이를 누른 채 자리에서 일어났다.

"이만 가야겠어."

"방금 도착했는데 벌써 가?"

아쉬움이 밴 얼굴로 켄이 따라 일어섰다.

"이미 많이 늦었어. 내 부탁 잊지 마라."

"차이, 너 정말 너무 하는 거 아니야? 어떻게 끝까지 그 인간 얘기뿐이야? 수면기가 걱정돼서 여기까지 찾아온 나에게 할 말이 그거밖에는 없냐?"

"일어나면 그때 다시 얘기하자."

더 이상 지체할 시간이 없었다. 난 녀석의 어깨를 두드리는 것으로 인사를 대신하고 세자르를 불렀다.

"세자르."

"네, 주인님."

근방에 있던 세자르가 재빨리 다가와 나를 부축했다. 다시 느끼는 거지만 혼자서 걷지도 못하는 지금의 상황이 굉장히 불쾌했다.

"나와의 우정이 그것뿐이냐! 나에게 할 말이 정말 그거뿐이냐고!"

걸어가는 내내 등 뒤로 켄의 음성이 계속 들려왔지만 난 무시했다(사실 대꾸할 힘도 없었다).

녀석의 외침은 내가 수면실에 몸을 뉘일 때까지도 멈추지 않았다.

"야! 자지 마! 그 부탁 안 들어 줄 거야! 내가 인간 따위를 위해 그런 짓을 할 거 같아?"

난 고함치는 녀석의 목소리를 자장가 삼아 이번에도 깊은 잠에 빠졌다.

'부탁한다, 켄.'

내게 찾아온 백구십이 번째 수면기였다.

지나의 차

입에 맞으세요?

역시
황후가 최고
!

으윽, 장이……

그 녀석은 안 돼

!

아사,
미안하지만 이것 좀
도와주지 않을래?
!

자러 가려 했는데……
어쩌지?
못 들은 척 할까……
아!

차이,
미안한데 이것 좀
도와주지
뭐 도와줄까,
리안?
말꼬랑지는
안 돼

드래곤 바보

DREAMBOOKS★

DREAMBOOKS★

DREAMBOOKS

DREAMBOOKS